诺贝尔文学奖作品精选 插图版

Nobel laureates in Literature

牧场之国

〔捷〕卡雷尔·恰佩克／著
李兴海／编译

海豚出版社
DOLPHIN BOOKS
CICG 中国国际传播集团

图书在版编目（CIP）数据

牧场之国 /（捷）卡雷尔·恰佩克著 ; 李兴海编译. -- 北京 : 海豚出版社, 2025. 6. --（诺贝尔文学奖作品精选）. -- ISBN 978-7-5110-7336-5

Ⅰ. I524.8

中国国家版本馆 CIP 数据核字第 2025XP0072 号

牧场之国

（捷）卡雷尔·恰佩克 **著** 李兴海 **编译**

出 版 人 王　磊
责任编辑 肖惠蕾　王洪聪
特约编辑 许秋玲
封面设计 宋双成　蒋　飞
责任印制 蔡　丽
法律顾问 北京市君泽君律师事务所　马慧娟　刘爱珍
出　　版 海豚出版社
地　　址 北京市西城区百万庄大街24号
邮　　编 100037
电　　话 010-68325006（销售）　010-68996147（总编室）
印　　刷 天津泰宇印务有限公司
经　　销 全国新华书店及各大网络书店
开　　本 710 mm×1000 mm　1/16
印　　张 11
字　　数 125千
版　　次 2025年6月第1版　2025年6月第1次印刷
标准书号 ISBN 978-7-5110-7336-5
定　　价 39.80元

开篇语

在文学的长河中，总有一些篇章能以独特的魅力触动人心，让读者远离现实的喧嚣纷扰，步入一个纯粹而美好的世界。《牧场之国》便是这样一篇佳作，它以荷兰的广袤牧场为背景，用细腻的笔触揭示了一个美好国度的丰富内涵，使美好不再仅停留于表面，而是深植肌理，带领读者深刻感受人与自然的和谐共鸣。

我们常为自己缺乏发现美的眼光感到惋惜，但倘若你读到了《牧场之国》这篇文章，便会看到一幅宁静悠远的田园画卷。作者笔下的奶牛、骏马、老牛、绵羊仿佛都拥有了灵性，它们才是牧场的主人。它们不紧不慢地吃草或小憩，传递出一种与世无争的生活哲学。现代社会中的人们，总是步履匆匆地前往一个又一个目的地。如果我们适时放慢脚步，一定能发现更多生活中的美好之处。

牧场这幅图画，完全依托自然之笔去着色，没有人为的雕饰。黑白相间的奶牛、碧绿的草原、黑色的猪群、洁白的绵羊以及绚烂的晚霞，这些色彩自然又恰到好处地组合在一起，让每一个见到这个情景的人都瞬间被打动，体会到浑然天成的自然之美。

在本书中，卡雷尔·恰佩克不仅向读者展示了风景迷人的荷兰牧场，还展现了邮递员、医生、水怪、警察等人物角色。《邮递员的童话》中，信件作为情感的载体，折射出现代社会中人与人沟通的困境；《强盗的童话》里，小特洛蓝多从彬彬有礼的强盗到收税员的转变，是对文明异化的辛辣反讽；《狗狗展览会》中，对血统证书的追求与冠军角逐赛的荒诞，恰似人类社会中的等级观念和对名利的追求。作者以故事为镜，既照见纯粹的童真，又映出成人世界的复杂。

在《母狗的天性》中，母狗从困惑受孕到骄傲育儿的心理嬗变，消解了人类对动物的傲慢和对其情感的误解；《再谈一下狗》里，狗对陪伴的执着与猫对独处的偏爱，暗合了外向型人格与独处型人格的生存之道。作者用细腻的观察与温柔的想象，为动物们书写灵魂，让人类在视角的切换中理解生命的多元。

除此之外，恰佩克的语言风格也兼具诗性与哲思：他描写牧场时，“草原如同上好的天鹅绒，碧绿柔顺”的比喻，让读者可触可感；他讲述童话时，“邮包捆得不合格就发脾气的精灵”等细节，赋予了精灵鲜活的个性特征；他谈论动物时，“狗是为了逗别人开心而牺牲自己的奉献家，猫是不顾世俗却乐在其中的讽刺家”的观点，类比精妙，引人深思。这种寓庄于楷的写作智慧，为深刻的主题裹上了一层糖衣，让人在阅读中有愉悦之感，在阅读后获益匪浅。

在这个信息爆炸的时代，《牧场之国》让我们的心灵得以“诗意地栖居”。书中挤奶工对牧场的敬畏、邮递员对送信的执着、狗狗对陪伴的忠诚，实则是已被现代社会碾碎的珍贵品质。荷兰牧场的静谧，是对“效率至上”的无声批判；童话世界的美妙，是对“现实牢笼”的一种逃离；动物们的纯粹，是对“复杂人性”的深情解构。

这或许就是《牧场之国》赠予读者的终极礼物：在现实的坚硬地表下，为心灵留一片柔软的草地，让每一个被现实禁锢的灵魂，都能在此唱响属于自己的牧歌。

阅读《牧场之国》，可以让我们的心灵进行一次远航。它让我们相信，在这个不断变化的世界中，仍有一片净土能让人心安。愿你能花时间细细品味这本书，与作者一起，经历一次心灵的洗礼，同时对生活的本质进行一次深刻探讨。愿本书能为你带来心灵慰藉与思想启迪。

目录 Contents

牧场之国

荷兰是水乡，是鲜花的原野，也是牧场之国。

运河之间的草地上，奶牛们正悠然自得地吃着草。有通体毛色黑白相间的奶牛，有身体是黑色、脑袋是白色的奶牛，还有身上仿佛缠了一圈白色缎带的黑奶牛。它们正在低头吃草，快乐地摇着尾巴驱赶着飞虫。牛群吃草的时候非常专注，但也会时不时地停下来，似乎在思考些什么。小牛犊还未长大，却已经有了端庄的姿态；老牛则是牛群中的大家长,十分注意自己的仪态。远远望去,草原如同上好的天鹅绒，碧绿柔顺，黑白色的牛群在上面漫步，这就是真正的荷兰。

这就是真正的荷兰，低地一片绿意，如同镶嵌在运河项链之间的祖母绿宝石。彪悍的野马在草原上肆意奔驰，除了草丛之中的河流，没什么能阻止它们风一般的脚步。似乎这一望无际的原野属于它们，它们是这片自由土地的真正主人。

在这美丽的草原上，洁白如云的绵羊正在安逸地吃草。猪群像黑

色的泥土一样散开，轻声呼噜着，表达对好天气的赞美。成群结队的小鸡、脚步轻盈的山羊，在这片只属于动物们的草地上徜徉，享受着只属于它们的美好时光。这就是真正的荷兰。

直到傍晚，人们才出现。小船载着牧场的工人们，前来给这些颇具自尊的奶牛挤奶。夕阳西下，绚烂的晚霞铺满天际，远处传来两三声汽笛，而后归于平静。这样宁静的傍晚，谁也不忍心大声喧闹，连奶牛脖子下的铃铛也未发出声响，挤奶工也在安静地干活。牛奶挤完后，奶桶被搬上小船，运河上起了波澜，装满牛奶的铁桶又从船上搬到汽车上，再运到火车上，开进城市里。在那之后，夜色降临，夕阳最后的余光带着晚霞的色彩沉入地下，一切又恢复了平静。星光漫天，小狗安静地趴着，圈里的牛儿也陷入沉睡，马儿也不再去踢马房的挡板。动物们进入了梦乡，在这片宁静的夜色里，只有远处的灯塔闪烁着宝石般的光芒。

这就是真正的荷兰。

邮递员的童话

我们看过许多童话，童话的主人公各不相同，有国王，有王子，有邪恶的巫师，有正义的骑士，有俊俏的牧童抑或狡诈的强盗，可是谁看过邮递员的童话故事呢？邮递员为什么不能成为童话故事的主角呢？邮局，这是多么有魔力的地方呀，这是个充满神秘咒语的地方，比如“请勿吸烟”，又比如“请勿带狗进入”。无数的限制让这里显得神秘又引人入胜。所以不妨来猜一猜，等到灯烛熄灭、整个城市陷入沉睡的时候，邮局里会发生些什么事呢？

这是一位邮递员讲给我听的，我从来没有守口如瓶的美德，因此我要将它写出来。

这位名叫科尔巴的邮递员，最讨厌的就是邮递员这个工作。他每天走啊走，走到鞋子都破了，而他送的不过是些印刷品、票据，以及一些微不足道的小东西。为了这些东西，他每天要走几万步，要上下八千多级楼梯，又累又闷，真是烦心啊。某天傍晚，他送完了一天的信件，身心疲惫地在邮局里休息，他靠在烧得暖暖的火炉旁，不一会儿就睡着了。六点钟的下班铃声没叫醒他，同事们离开时嘈杂的声音他也没听到，邮局的大门都锁上了，他还在里面睡得很香甜。

半夜时分，他终于被一阵声音吵醒了。起初，他以为是老鼠在跑来跑去，可是邮局里是不能有老鼠的，他想，明天得做两个笼子来抓住这些烦人精。万万没想到，当他缓缓睁开眼时，却看到地上走来走去的是一些小人儿，这些小人儿穿着邮递员的斗篷，戴着邮递员的帽子，别看他们只有松果、小鸡那么大点儿，可各个都有大胡子，神气得很！原来他们是邮局的小精灵，正在干活呢！

第一个小精灵把科尔巴先生明早要送的信叠好；第二个在分邮件；第三个在给邮包称重量，还细心地贴好标签；第四个看到有邮包捆得不合格，还发了脾气；第五个坐在窗口，像邮局职员那样一遍又一遍地数钱，一边数钱还一边嘟囔："哦唷，果然是我算得对，这个职员算差了一分钱呢，得把它改过来。"

第六个邮局小精灵在发电报，他站在电报机旁边，哒，哒哒哒，哒哒哒哒，科尔巴先生知道他发了些什么内容：你好，是邮政部吗？我是第一百三十一号邮局精灵，这里一切顺利，职员马特拉福·谢克因病缺勤，我现在改为收报员。

第七个小精灵拿着信问来问去："这是要寄给蛮子王国班博林博南达城的，可是这个城在哪里？"

第八个小精灵只有指甲盖大小，虽然身形微小，可他却胸有成竹地回答："在通往贝内绍夫的那条路上。伙计，你该这么写——'蛮子王国，下特拉贝孙德火车站，喵喵邮政支局，航空件’，这样就可以了。怎么样？大家的活计做完了吗？咱们来打一会儿牌？”

第一个小精灵已经叠好了信，数了三十二封拿出来：“好，纸牌准备好了。”

第二个小精灵熟练地洗好牌，第一个小精灵又熟练地接过去切牌，第三个拿到牌就开始嚷：“糟透啦！”

第四个出牌，第五个跟上，第六个也跟上出牌，第七个选择不出，第八个大喊一声：“王牌！”

这些小精灵吵吵闹闹，让假装熟睡的科尔巴先生再也按捺不住好奇心，坐起来说：“打扰你们一下，请问诸位小先生，你们是在打什么牌呢？”

“您好，科尔巴先生，您不装睡啦？那就跟我们一起打牌吧。”小精灵热情地招呼道，“我们只是在打婚姻牌而已。”

科尔巴先生走了过来，和这些小精灵围坐在一起。第二个小精灵给了他几封信。科尔巴先生有些莫名其妙：“可是，只有这些信，要怎么打牌呢？一副牌里面不是应该有点数、大小、杰克、国王还有王后吗？这些信里面都没有这些呀。”

“不是，这些信也是有大有小的。”小精灵说道，“它们的价值不一样！”

“不一样！”

“最小的是那些充满了欺骗言辞的信，那些骗子的信。”

“其次是那些没有感情的信，例行公事的信。”

“稍微大一点儿的牌——您就当是九个点数的牌——是礼节性的应酬信。”

“再大一点儿的可以当作是十个点数，这种一般是人们互相八卦，讲新鲜事的信。”

“好友之间的信是大牌，是杰克牌。”

“提出要求的信，充满了期待的信，是王后牌。”

“而国王牌，是恋人之间倾诉衷肠、表达爱意的信。”

“最大的王牌是表达自己满怀深情，为对方不惜付出生命的信，一般是妈妈写给孩子的。偶尔也有某人表达爱别人胜过爱自己的信。”

“可是，”科尔巴先生说，“我们看不到信里写什么呀！先生们！难道要拆开看看？这可是不允许的！”

“根本不需要！”小精灵说道，“我们很清楚这条规定，其实根本不需要拆开，您摸摸这些信封，没有感情的信摸上去冷冰冰的，而充满了情愫与爱慕的信，摸上去则热乎乎的。”

“我们可是邮局精灵，只要把信贴在脑门上，”第二个精灵说道，“我就能告诉您里面写了什么！”

“好的，好的，诸位真是了不起。”科尔巴先生说，“可是，诸位在这里为邮局效力，平时都吃什么呢？”

“什么都吃！”小精灵说道，“吃面包屑，吃面包壳。”

“还有电报纸条！煮着吃，有点儿像面条！”

“邮票舔一舔也很好吃！但我们还是喜欢吃面包屑，可惜这里的面包屑不太多。”

“好的，好的。”科尔巴先生又问，“那你们平时住在哪里呢？”

“这个可不能说！”小精灵摸了摸自己的大胡子，“您要是知道我们住在哪里，就要清扫我们的住所了，这可不行。”

“等太阳升起的时候，这些小精灵肯定要回家，只要我盯着他们，总会知道的。”科尔巴先生这样想着。可是，火炉烤得科尔巴先生浑身暖烘烘的，他的眼皮越来越沉重，一个没坚持住，就睡着了。

科尔巴先生没把这件事告诉其他人，因为在邮局里过夜也是违规的行为，不过这之后，他送信送得更起劲儿了。他会在送信时感受一下信封的热量，那些热得烫手的，保准是妈妈写给孩子的。不过有一天，他在分信的时候，突然停住了。

“这封信没写名字，没写地址，也没贴邮票，这可怎么办？”

“多的是这样的傻瓜。”邮局局长说，“这种信一年能攒下来一大堆。这些昏头涨脑的人写完信就往外寄，什么都不管。”

一位正在给亲人寄信的先生好奇地凑过来问：“那这应该怎么办呢？”

“只能把它放在邮局里待领，我们没办法把它寄出去。”

科尔巴先生拿起了这封信，信拿在手里热烘烘的，极有分量，肯定饱含了写信人的真情实感，他想：“这样一封信，必须送到收信人的手里。”

“你们把信拆开看看是邮给谁的不就行了？”寄信的先生说。

“那可不行。”局长说，“那是违规的，我们绝不会这么办。”

等那位先生离开后，科尔巴先生想了想，把邮局精灵的事告诉了局长：“不如，我们请他们来帮个忙？”

邮局局长很是吃惊，嘟囔道："这可真是见鬼了，就这么办吧，科尔巴先生，如果真有这么能干的邮局精灵，那我们就知道要把这样的信送到哪里了。"

晚上，科尔巴先生又把自己锁在了邮局里。到了半夜，邮局精灵们又开始跑来跑去，他们穿梭于信件之间，分信件、捆邮包、发电报、数钱，等他们做完工作开始打牌的时候，科尔巴先生凑了过去。

"晚上好呀，小精灵先生们。"

"晚上好，科尔巴先生，"精灵们也招呼他，"来一起打牌吗？"

科尔巴先生没有犹豫，立刻加入了他们。

几个人开始出牌，牌出得越来越大，轮到科尔巴先生了，他把手里那封没名字的信打了出去。

"您赢了。"小人儿说，"您这是王牌。"

"您怎么知道？"科尔巴先生说，"您确定吗？"

"当然！这是一个小伙子写给他心爱的姑娘的信，他爱她，胜过爱自己的生命。"

"怎么可能呢，我可不相信。"科尔巴先生一本正经地说。

"我给您念出来！"小精灵伸手把信拿过来贴到了自己的脑门上，"我最亲爱的玛任卡……哦，他写错了一个字，嗯，我写信告诉你，我现在成了一名司机。若你对我的感情还没有变，那我们现在可以结婚了，若你还像当初一样爱我，就请给我回信吧。只属于你的，弗兰奇克。"

"真是太感谢了！"科尔巴先生说，"十分感谢！"

“不用谢，不过我得说，”小精灵说道，“这位弗兰奇克先生上学时可能没好好学习，错别字真多呀！”

“这位弗兰奇克先生和那位玛任卡小姐住在哪里？”科尔巴又问道。

“这我们可就不知道了。”小精灵说，“他根本没写。”

太阳又一次升起，科尔巴先生向局长报告，这是一位名叫弗兰奇克的司机写给玛任卡小姐的求婚信。

“求婚信！”局长嚷道，“这封信很重要，必须送到那位小姐的手里！”

“可是我们还不知道他们俩住在哪里。”

“是的，科尔巴先生。但是，”局长说道，“如果我们知道的话，那任何一个邮递员都能为他们送这封信，就不需要您了。”

“我会找到这个人的！”科尔巴先生说，“哪怕要找一年，我也要找到她。”

科尔巴先生把信件放进了邮包里，开始寻找那位玛任卡小姐。他走了许多许多的路，把全国都走遍了。他询问了无数名叫玛任卡的年轻小姐，这些年轻的名叫玛任卡的小姐，有的正等待着某个小伙子，但这些小伙子既不是司机又不叫弗兰奇克。而有的玛任卡小姐正在等待着一个深情的司机，但这些司机却没有一个人名叫弗兰奇克。他们有的叫多米尼克，有的叫拉迪斯拉夫，有的叫约翰，有的叫亚罗尔，还有的叫伊尔卡、弗洛里安、温德林、托尼克，就是没有一个叫弗兰奇克的。当然，科尔巴先生也遇到过几个名叫玛任卡的小姐正在等待着一个名叫弗兰奇克的小伙子，但她们等待的小伙子却不是司机，他们有的是泥瓦匠，有的是油漆工，或者是管道修理工，甚至是汽车售票员，就是没有一个人的职业是司机。

科尔巴先生走啊走，走了一年零一天，他从春天走到冬天，从田野走到山川，从云雀飞来走到大雁南飞。他从新麦播种走到收割，从李花盛开走到沉甸甸的李子挂满枝头。他见过田间的啤酒花，见过丰收的葡萄园，见过新出炉的蜜饼和渔夫拎在手里的胖鲤鱼，可他就是没见到他要找的那位玛任卡小姐。

科尔巴先生坐在路边，难过地喃喃自语："这一趟寻人之旅怕是只能以失败告终了。玛任卡小姐，你到底在哪里呢？弗兰奇克，你到底要将这封信寄给谁呢？"

他为玛任卡小姐流泪，因为她没收到这样一封充满情意的信，她不知道这个世界上有个人爱她胜过自己的生命；他也为弗兰奇克先生流泪，因为他的心意没有送到那位小姐手里；他还为自己流泪，他走了那么远的路，鞋子上沾满了泥巴，可到头来却是一场空。

正当他沉浸于悲伤之中时，路上开来了一辆车。那辆车行驶得很慢很慢，远远看去，好像是一台破旧的老爷车，可是离近了一看，却是一台崭新漂亮的小轿车。车后座上坐着一位先生，那位先生和司机一样，穿着黑衣服，两人看起来都愁眉苦脸的。

那位黑衣服先生客气地邀请科尔巴先生上车，准备载他一程，让他歇一歇脚。科尔巴先生上车之后忍不住问："您为什么这样愁眉苦脸，先生，是发生了什么不幸的事吗？"

黑衣服先生说："我并未遭遇什么不幸的事，我只是因为汽车开得太慢而愁眉苦脸。"

"这位司机先生开着这样漂亮的小汽车，"科尔巴先生问道，"又为什么愁眉苦脸呢？"

"因为他的爱人不给他回信，整整过去了一年零一天，每一天他都在等待，可没等到她的回信。也许她已经不爱他了。"

"天啊！"科尔巴先生惊叫起来，"这位司机是叫弗兰奇克吗？"

"是的，您怎么知道？他叫弗兰奇克·斯沃达博。"黑衣服先生愁眉苦脸地回答道。

"那位小姐是不是叫玛任卡？"

"您不要再提起那个名字了。"司机嘟囔了一句，他的声音低沉又悲伤，"她伤了我的心，忘记了我们曾经的美好与甜蜜，她的确是叫那个名字，玛任卡·诺瓦力娃。"

"啊哈！"科尔巴先生大笑起来，他又叫又嚷，"您这个笨蛋，您真是个笨蛋！呆瓜！傻瓜！没头脑！糊涂虫！鸡毛掸子！木头人！您真是个南瓜！土豆！面条！小花脸！您哪！您哪！您把信丢进邮箱就算完了？您不写姓名，不写地址，不贴邮票！先生！我能找到您可真是太不容易了。现在请您来说一说，玛任卡小姐到现在都没收到您的信，她要怎么给您回信！"

"我的信！天啊！我的信在哪儿？"司机惊叫起来。

"您倒是告诉我玛任卡小姐在哪儿啊！"科尔巴先生说，"您的信我收得很妥帖。我的天啊！我这一年来一直揣着您的信，它在邮袋里已经放得太久了！它想见见您的那位玛任卡小姐！小伙子！您现在立刻、马上告诉我她的地址！”

“您不用步行去送了！”黑衣服先生说，“我用车送您去！弗兰奇克，加大油门，快把你的信送到玛任卡小姐面前吧！”

车子瞬间如离弦之箭般飞驰，速度从七十码提升至八十码，九十码，一百码，车子跑得越来越快，道路两边的景色飞快地掠过，后座上的黑衣服先生捂住帽子，生怕它被风吹跑。

弗兰奇克大声叫道：“怎么样！我开得够快吧？瞧瞧路两边，瞧瞧车子后面，我们的车子已经起飞了！”

他们就这样风驰电掣地开到了一座漂亮的小村庄里，弗兰奇克说道：“就是这里！”

“那么停车吧。”黑衣服先生说。车子在栅栏旁停了下来。“科尔巴先生，您去送信吧。”弗兰奇克焦急地说。

“可是弗兰奇克先生，您亲自去送不是更好？”

“不不不，”弗兰奇克不好意思地说，“我怎么敢见她？她这么久都没有收到我的信，她都不知道我还爱着她。她是不是以为我把她忘了？她是不是也把我忘了？”他十分难过地低下了头，“科尔巴先生，还是您去吧，您看到了吗？那座漂亮的小房子，窗子干净得像是刚用水洗过一样，那就是玛任卡的家。”

“那好，我去送。”科尔巴先生拿上信，哼唱着属于邮递员的歌曲，走了过去。在那像是刚用水洗过的，又干净又明亮的窗下，坐着一位正在织布的姑娘。她可爱的脸庞苍白憔悴，同样愁眉苦脸的。

“上帝保佑您，玛任卡小姐，”科尔巴向她打了声招呼，“您在做新娘礼服吗？”

“不，”玛任卡哀伤地说，“我在做我的葬礼上要穿的衣裳。”

“天啊！”科尔巴先生结结巴巴地问道，“您怎么了？您生病了吗？

“我没有生病，但是谁知道呢？”玛任卡叹了口气，“我的心已经碎了，我在等一个人的来信，我等了很久，可是它一直没有到来，也许它永远不会到来了。”

科尔巴先生赶紧把信拿了出来：“您别伤心，我这里有封没写地址的信，它已经在我这待了一年零一天，您快看看吧！先别考虑它是不是给您的信，您快拆开看看，若不是的话，您还给我就是了。”

玛任卡小姐犹豫着接过了信，当她打开信件的时候，她的眼睛变得明亮起来，愉悦的红润也回到了苍白的面颊上。

“怎么样？”科尔巴先生说，“这封信怎么样？要还给我吗？”

“不！当然不！”玛任卡小姐紧紧地抓着这封信，幸福得快要哭起来了，“就是它！我等了它太久！邮递员先生，我真不知道该怎样感谢您！”

“您要付我两个克朗的邮资。这封信上没贴邮票，您看看，我为了它跑了一年零一天，就是为了追回这两克朗。”他一边把玛任卡小姐递过来的两克朗收进口袋，一边说：“小姐，您要不要写回信？那边有人在等您的回信呢。”

他转头看向栅栏，下巴一扬，弗兰奇克还在等信儿呢！只需一声呼唤，他就会立刻飞奔过来。

弗兰奇克与玛任卡终于见了面，科尔巴先生回到车里，跟黑衣服先生吐起了苦水：“一年以来，我带着这封信跑来跑去。虽然我这一路见到了各种美丽的景色，但是长期等不到回信的两个人为什么不能当面谈一谈呢？总比干等这封没姓名没地址的信要强很多吧。”

收到回信的弗兰奇克先生一句话也不说，但是整个人神采飞扬，连眼睛都在笑。

“我们可以走了吗，先生？”

“走吧，”黑衣服先生说，“先把科尔巴先生送回邮局。”

汽车轻飘飘地开了起来，它的速度一直在一百二十码，跑得又快又稳，像一只飞在蓝天上的大雁一样自在。

“开得很好。”到了终点的时候，黑衣服先生说道，“汽车能行驶得又快又稳，是因为驾驶它的是内心充满了幸福的司机呀。”

他们顺利到达了邮局，而我们这篇童话故事也迎来了幸福的结局。

医生的童话

很早很早以前，在某座高山上住着一个魔法师。不同的魔法师脾气不同，大家对他们的评价也不一样。好的魔法师会治愈病人，会让附近的村庄风调雨顺，连年丰收；坏的魔法师会诅咒别人生病，会施展各种法术。但是这位名叫马蒂亚什的魔法师既不好又不坏，他有时安安静静，有时又会下些石头雨、青蛙雨捉弄人，大家觉得他肯定算不上是可爱的邻居，但也不敢真的赶走他，只好就这样生活下去。

一天，马蒂亚什正在吃李子。那是一枚又大又甜、汁水四溢的李子，黝黑的果皮上带着蓝光，还蒙着一层白霜。他的学徒雀斑脸文采克在替他熬药。文采克在药锅里面加了各式各样的草药，有羊粪、黄蜂毒刺、老鼠须子、树脂、硫黄、狼毒茄，还有施法术需要的树茎、毒药、艾草等。马蒂亚什一边吃李子，一边监督文采克熬药，可是不知道是文采克手笨，还是哪一服药的剂量不对，又或者是熬过头了，总之药锅里涌出了一股可怕的气味。

“你这个笨蛋！”马蒂亚什张嘴大声斥责着文采克，可是他正在吃李子，这一开口，剩下的半个李子带着核就咕噜一声滑入了喉咙。他想把它吞下去，可那半个李子却不上不下地卡在那里。他的脸顿时涨得通红，血直往上涌，他开始手舞足蹈，可是李子还是卡着，要怎么办呢？

面对这个情况，学徒也束手无策，想不出任何办法。他跳了起来：“老师，您等我，我去给您找医生。”

他飞快地跑下了山，速度快得连跑步运动员都无法与之相比。他就这样一口气跑到了格罗诺夫医生家，冲进医生家门的时候，他上气不接下气，心脏都快要跳出来了。

“医生，请您帮帮忙，”他大声嚷道，“我的老师马蒂亚什先生要被噎死了！请您救救他！”

“什么？要去给马蒂亚什看病？”医生一脸不高兴地说，“为什么不去找别人呢？唉，罢了，既然找到我这里了，我就不能袖手旁观。”

医生就是这样的，哪怕他讨厌那个病人，出于职责，也会给他看病的。即使那人是个盗贼，是个恶棍，甚至是魔鬼，医生也不会拒绝病人的请求，这就是他们的使命。

于是，格罗诺夫医生带着里面装了手术刀、绷带、夹板、拔牙钳等各种药品和工具的医药箱，跟着文采克上了山。

“唉，我们还是尽量早点儿到。”学徒文采克担心地说。他催促医生加快脚步，他们翻过山头，穿过峡谷，走过沼泽地，终于到了马蒂亚什的住所。魔法师马蒂亚什此时根本讲不出话来，只能指着自己被李子噎住的嗓子，发出沙哑而细微的声音。

“原来是噎住了。请把嘴巴张开，发出‘啊——’的声音，让我看一看现在是什么情况。”医生说道。马蒂亚什立刻把嘴巴张开，可是无论他怎么努力、嘴巴张得再大，也发不出“啊”的声音。

医生一本正经地指导他发音，可马蒂亚什就是什么都说不出来。医生一边叹气，一边说：“唉，马蒂亚什先生，您连一声‘啊——’都发不出，这可怎么办呢？”

他又给马蒂亚什做了这些检查：听一听心跳，按一按脉搏，拉一拉舌头，翻一翻眼皮，揪一揪耳朵，照一照鼻孔。这样那样地一番检查后，医生严肃地说：

“情况很严重啊，马蒂亚什先生，您得做手术。但是这么大的手术不能只有我一个人来为您做，您得去请乌皮策、科斯捷列茨、戈日契克这三位医生来与我一同进行医学会诊，在那之后，我们将为您进行手术。您考虑一下，若是同意，就赶快派一位腿脚麻利的人去请医生吧，事不宜迟呀。”

马蒂亚什有什么办法呢？他只好点了点头，让文采克去请医生。文采克又一溜烟地跑下山去，他拼命地跑，他知道，他要跑好几个地方，请好几位医生。为了治好老师的病，现在只能加快脚步继续跑了。

苏莱曼公主的故事

当文采克急匆匆地踏上寻找乌皮策、科斯捷列茨、戈日契克医生之路的时候，格罗诺夫医生却十分悠闲地坐了下来。他注意观察着，不让马蒂亚什真的被李子憋死，但也不再做其他处理。他先抽了一支烟，随后又打了个哈欠，百无聊赖之际，他询问马蒂亚什要不要和他一起打牌。然而，可怜的魔法师，现在连说话都困难，根本无法打牌，只能摇头拒绝。

“唉，您可是魔法师，居然连牌都不打，我可听说有魔法师在小酒馆里，只靠一副纸牌就能变出非常精彩的魔术呢！他好像是叫纳弗拉迪尔，或是马格罗雷。无所谓了，总之他变魔术的手法真是太娴熟了……”

他又点燃一支烟，抽了起来：“不过，您既然不玩纸牌，那咱们想点儿别的办法解闷怎么样？我给您讲个苏莱曼公主的故事好了。您可得听仔细了啊，这个故事您应该是没听过的……”

“不知道你有没有听说过喜鹊山？喜鹊山被一片巨大的牛奶海包围着，在这片巨大的牛奶海中，有一片巨大的曲奇饼群岛。不过我要讲的故事，并不是发生在这片曲奇饼群岛上。在这片群岛的不远处，有一片十分壮丽的沙漠；穿过这片沙漠之后，你就能看到一片巨大的如同绿宝石一般的森林；在森林的那一头，有一座漂亮的小木桥；过了这座小木桥，一直沿着小路往前走，你就能到达苏莱曼国了。

“苏莱曼国的国王名叫苏丹，苏丹有一位女儿，名叫佐贝妲。佐贝妲公主身体不好，经常咳嗽，她面容憔悴，身形瘦弱，脸色苍白如纸，连说话都有气无力的，令人心生怜悯。为了给女儿治病，苏丹召集了国家里所有具有法力的人，可是这些人都没有办法治好公主的病。若放到现在，我猜测公主患的应该是贫血、胸膜炎等疾病，也可能是支气管炎，但是那个时候没有如今高超的诊断水平。这可怎么办？老苏丹犯愁了，他只有这么一个女儿，还指望女儿继承他的王国，可现在，女儿反而要先他一步离世。

“整个苏莱曼国都因此笼罩在阴云之中，直到一位叫鲁斯蒂格的商人出现。他从很远的地方运货来这里卖，听说了公主的病，他说：‘苏丹应当去我们那里寻医生，我们那里的医疗水平比这里要高得多，医生的手段也高明得多，不是这些声称自己有法力的人能比的。’

“苏丹听说了他的话后，连忙将他请进王宫，从他那里买了一串最美丽的玻璃珠送给佐贝妲公主，又问道：‘鲁斯蒂格先生，你怎么知道你们那里的医生医术是真正高明的呢？’

“‘我们那边的医生被尊称为看病的大夫，您知道吗？他们和您这

边的那些术士不一样。’

“苏丹记下了这个称谓，赏赐了鲁斯蒂格许多金币，便派人去欧洲请看病的大夫。他千叮咛万嘱咐，让使者们务必要寻找到真正有学问、有本事的医生，否则他们将面临掉脑袋的危险。使者们从苏莱曼国出发，经历了千难万险，终于来到了欧洲。他们在黑森林里穿行时，看到了一位扛锄头的大叔，一名使者便上前打招呼：

“‘您好，请问您是做什么的呀？’他这样问道。

“‘您好，先生，我是以伐木为生的樵夫。’扛锄头的大叔自我介绍道。

“使者听了心想：砍树的，看病的，发音听起来还挺相似的。由于他没见过真正的医生,就错误地将樵夫认作了医生。他急忙说道：‘我们苏莱曼国的苏丹国王一直在找您，请您立刻跟我们走吧，苏丹国王等您很久了！’

“樵夫听后很是吃惊，疑惑地问：‘可是，苏丹国王有什么事需要我呢？’

“‘您去了就知道了！’

“‘好吧，可是，’樵夫又不放心地说了一句，‘我只会砍树呀！’

“‘是的，是的，我们就是要找会看的人，一点儿也不错’。使者回答道。

“‘那我们说好了，你们苏丹国王请我去可是要付工钱的！我这些锯子、凿子可是都要带上的！’

“‘没问题！锯子大夫！苏莱曼国的苏丹国王会给您丰厚的

赏赐！’

“就这样，这位樵夫被使者们带到了苏莱曼国，苏莱曼国的苏丹国王一见到他就立刻从宝座上站了起来，使者们连忙跪在地上通报。

“‘最仁慈的君主，最尊敬的统治者，上天的代言者，苏莱曼国的苏丹陛下！我们为您寻找到这位真正有学问、有本事的医生。陛下，这位大夫叫锯子，他愿意与我们一同前来救治公主，佐贝妲公主有救了！’

“‘太好了！’苏丹说，‘请您随我一同前去看看我的女儿吧。’

“‘我能帮上什么忙呢？’樵夫心里很纳闷，但还是跟着苏丹一同去了。

“公主的房间里摆满了各种精美的珠宝和装饰，地板上铺着豪华的毯子和羽毛垫子。然而，在这富丽堂皇的房间里，佐贝妲公主却在昏睡着。

“‘您看啊，我的女儿已经病得很严重了。’苏丹痛苦地说。

“‘是的，她看起来憔悴极了。’

“‘她又瘦又小，整天都在昏睡，就算起床了也吃不下几口东西。她看起来就像是一株脆弱不堪的小草，我真担心……’说到这里，苏丹难过地哽咽了。

“‘她看起来确实是生了很严重的病啊。’樵夫观察着公主苍白的脸颊，对苏丹说。

“‘所以我才请您来啊。’苏丹说道，‘您一定得治好她。如果您治好了她，我一定会给您丰厚的赏赐；如果您失败了，您就等着脑袋搬家吧。’

“樵夫听后大吃一惊，刚要说话，苏丹却开口打断了他：‘您就使出您的看家本领吧。’说完，苏丹就匆匆离开了。

“房间里只剩下了樵夫和昏睡的公主，樵夫满脸愁云，心里不禁嘀咕：‘这不是为难我吗？我什么时候给人看过病？我如何医得好这个姑娘？这事荒诞得像在做梦一样。没错，肯定是在做梦，如果不是在做梦，我怎么会遇到这样古怪的事呢？现在我要怎么办呢？’

“他愁容满面地叹了口气，然后四处张望。

“‘我算哪门子的医生？若是让我来砍树，那倒是再拿手不过。可是，这房子周围的林子这般茂密，阳光被叶片遮挡得严严实实，一点儿都照不进房间里来。房间里又阴暗又潮湿，连青苔和蘑菇都长了出来，这样的房间住起来真是不舒服！我先来帮帮她吧！’

“樵夫卷起袖子，在手掌上吐了口唾沫，然后就拎起斧子、锯子、凿子，朝公主房间外的树木发起了进攻。棕榈树、夹竹桃、椰树、桃心木、无花果树……那些参天大树，在他毫不留情的砍伐下纷纷倒下。他兴致勃勃地砍了半天，周围的树被砍了个七七八八。樵夫虽然没有医生治病救人的本事，但砍树却十分拿手——毕竟这是他的老本行。王宫后院里的那些参天大树一棵接一棵地倒下了，几十年都没有被阳光照射的房间，今天终于迎来了久违的阳光。樵夫砍了许久的树，累得满头大汗，肚子也饿得咕咕叫了。他一边擦汗，一边从怀里拿出从家里带来的黑面包啃了起来。

“佐贝妲公主一直睡在那个豪华却阴暗潮湿的房间里，外面的斧子声、锯子声、凿子声此起彼伏，这些声响都没有吵醒她，她睡得倒是很香。不知何时，声音渐渐平息，她却突然醒了。

“她睁开眼时，发现房间特别明亮，阳光从窗户洒进了房间，也洒进了她的眼睛里。微风带着树木被砍倒后散发出的清新香气吹了进来，公主深深地吸了口气，空气中除了清新的树脂香味外，还有一股她没闻过的香气，那是什么味道？公主顺着香味的来源寻找，看到了坐在空地上的男人，这个男人正在大口大口地吃着什么东西，而那正是吸引公主的香气来源。

“公主忍不住走了过去，她想看看他到底在吃什么。

“‘殿下。’樵夫嘴里塞满了黑面包，他抬头看了公主一眼，含糊地说道，‘您要来点儿吗？’

“公主有些羞涩，但她确实想尝尝这块食物。

“樵夫见状，抽出刀给她切了一块黑面包，面包里面还夹了点儿奶渣。

“公主低声道谢后，便吃了起来。她从来没吃过这样好吃的东西，没尝过这样特别的滋味。毕竟，从来没有人敢把黑面包和奶渣端到公主面前啊！

“此时，苏莱曼国的苏丹国王不放心地走到窗前往下看，他吃惊地看到外面那片林子变成了一片空地，而公主正在那里。她的嘴边满是奶渣，正在津津有味地嚼黑面包。

“‘上帝庇佑！’苏丹国王长出了一口气，‘看来我派出的使者是真的能干，他们请来的是真正有学问、有本事的医生！’

“自此之后，公主的身体开始逐渐恢复，她的脸上出现了红晕，吃的饭菜也多了起来。当然，这一切都要归功于阳光、空气、风的滋养。”

“马蒂亚什先生，我给您讲这个故事，就是为了告诉您，您居住的这个阳光洒不进、微风吹不进的山洞，对您的身体健康肯定是无益的。”

格罗诺夫医生刚刚讲完这个苏莱曼公主的故事，文采克就带着乌皮策、科斯捷列茨、戈日契克三位医生来了，他的腿脚真是快啊。

“我跑得真是太累了！”文采克气喘吁吁地嚷嚷，“可是我把他们都请来了！”

“欢迎，”格罗诺夫医生说，“我的同行们，你们看到了，这位就是我们的病人，马蒂亚什先生。他吞了带着核的半个李子，现在病得很严重，我想，他可能患上了‘李子急食症’。”

“我认为是果核堵塞病。”戈日契克医生说道。

“两位都是学识渊博的医生。”科斯捷列茨医生说，“但我无法认同两位的观点。我认为，这个病人患上的是喉咙核塞症。”

“那咱们来统一一下意见。”乌皮策医生说，“这位病人患上了李子急食果核堵塞喉咙的核塞症。”

医生们纷纷表示赞同：“马蒂亚什先生，您患的是非常了不得的病啊！”

“而且很有意思。”乌皮策医生补充说。

“但是我也听过更有意思的病症，你们想听听吗？”科斯捷列茨医生说，“我给你们讲一个‘啊哈’的故事吧，这是个非常有趣的故事。”

啊哈的故事

“这是发生在很久很久以前的克拉克尔克地区的故事。传说那里有个妖怪，叫啊哈，大家都非常害怕他。有人在林子里赶路的时候，会感觉到身后有什么东西在跟着他，不仅跟着，那东西还会发出喘息声、叽里咕噜的怪叫和可怕的大笑声。人们总会被吓得四散逃跑，有的人甚至会吓出病来。人们都讨厌啊哈，他总是这样捉弄人，害得人们都不敢在那片林子里走夜路。

“有一天，一个古怪的家伙跑来我的诊所看病。他的样貌十分奇特，脖子上围了一片破布当围巾，一张大嘴巴从左耳裂到右耳，话也说不清楚，嘴里时常发出些沙沙、滋滋、叽叽、咕咕的声音。

“‘您怎么啦？’我问他。

“‘对不住，大夫，我嗓子哑了。’他艰难地开口说道。

“‘嗯，我看出来了。’我说，‘您是打哪儿来的？’

“他扭扭捏捏，半天才说道：‘我，我就是克拉克尔克的那个啊

哈呀。’

“‘哦，原来是您啊，您就是那个住在林子里，把人们吓个半死的坏蛋啊！您嗓子哑了不是正好？省得再去林子里啊哈啊哈地吓唬过路的人。我看这样挺好的，您保持现状就行，大家都太平。’

“啊哈拼命地哀求我：‘医生，医生，我发誓我以后只做好事。看在上帝的分儿上，请您医治我吧，我保证我以后都安安分分的，再也不捉弄人了。’

“我严肃地对他说：‘那我得警告您，您以后绝不能再这么做了。如果您再大喊大叫地捉弄人，您的声带迟早会再次受损的，明白吗？林子里又冷又潮湿，您的发声器官又这么脆弱，您以后必须远离那片林子，而且不能再吓唬人了，否则再也没人愿意给您看病了。’

“啊哈愁眉苦脸地挠了挠头：‘可是我从生下来，声音就是这样。不去林子里吓唬人，我还能做什么呢？’

“‘您有这样的声音，可以尝试去唱歌，争取进歌剧院当个歌唱家，或者是当个小贩，用您响亮的声音招揽顾客。您的声音如此洪亮，却只用来躲在林子里叽里呱啦地叫嚷吓唬人，这实在是太浪费了，先生。’

“‘是啊，是啊，我怎么没想到呢。’啊哈说道，‘我的确是可以尝试找个其他的工作试试，但我现在得先请您治好我的嗓子。’

“见他已经接受了我的建议，我便开始为他治疗。我在他的喉咙上涂了碘酒，又给他开了些内服、外用的药和一些纱布。在那之后我就没见过他了，听说他的确是搬去了其他地方，过上了正常人的生活，再也不吓唬人了。

加弗洛威茨水怪的故事

“我也知道一些有趣的故事，让我也来说一个吧。”乌皮策医生兴致勃勃地开始了他的讲述。

“在我们那边的乌帕河附近，加弗洛威茨桥那里，有个水怪。他住在柳树根和杨树根之间，名叫约得加尔。这个老水怪性格孤僻，总是嘟嘟囔囔地发牢骚，时不时还会引发洪水。他还在孩子们游泳时发大水，吓唬孩子们说要淹死他们。总之，只要他住在那里，附近的人谁也别想得到安宁。

“某年秋天,一个小老头儿去我那儿看病。他穿着一身绿色的礼服，脖子上却围了一条红围巾，他哼哼唧唧，不断地咳嗽、打喷嚏，还不时地弯腰喘气。

“‘医生，快来帮帮我，我感冒了，鼻子也不舒服，浑身上下到处都疼，腰像是要断了一样，一咳嗽整个胸口都在疼，请帮帮我吧。’

“我检查了一下，跟他说：‘大爷，您是得了风湿，我可以给您开

点儿药，您吃过药就能缓解了。但光吃药可不够，您需要住在温暖干燥的地方。’

“那可不行，大夫。’小老头儿嘟囔道，‘我去不了温暖干燥的地方。’

“‘为什么？’

“‘因为我是加弗洛威茨的水怪呀。’这个小老头儿说道，‘我住在水里，怎么保持温暖干燥？我用水擦鼻子，我在水里睡觉，我用河水当被子。不过我现在年纪大了，用软水当褥子，以前都是用硬水褥子。但不论是用哪种褥子，都达不到温暖干燥的条件呀。’

“‘那没办法了。’我说道，‘老大爷，您已经得了风湿，还留在冰冷的河水里生活只会加重病情。您多大年纪了？’

“‘哈哈哈，’小老头儿说道，‘我从这个世界上有偶像崇拜的那天起就存在了，已经几千岁了，可能还要年长一些。’

“‘您的年纪真是相当大了，’我说道，‘像您这么大年纪的老人，最好还是住得离温暖的地方近一点儿，不过您是一位水怪，对了，我想起来，您知道温泉吧？’

“‘温泉？我当然知道，’老水怪抱怨道，‘但是，我从来没在这附近见到过温泉啊。’

“‘是的。但是捷普利策、皮什基杨等地都有温泉，只是那些温泉都藏在地下很深的地方。不过对您这样的老水怪来说，这些地方正是治疗风湿的理想之地。您去那里生活，不仅可以治疗风湿病，还能享受温泉。’

“‘那，既然如此，’老水怪犹豫地问。‘温泉里的水怪们平日里都做些什么工作呢？’

“我告诉老水怪：‘非常简单，您只需将温泉水送到地面上就好，就只有这一件事情。’

“‘听起来的确简单，那我去试试吧。’老水怪站起身，戴上帽子说道，‘谢谢您了，医生。’

“他慢吞吞地走出了诊所，留下了一路的水迹。

“后来，他听从了我的劝告，去了斯洛伐克的一处温泉里。他每天都会把地底的热水抽上来，再将这些水送到上层，变成温泉，孜孜不倦地工作了很多很多年，因此那里的水一直是温热的。风湿病人在那样的温泉里泡澡大有好处，所以吸引了世界各地的风湿病患者前去治疗。”

“所以，在听了这些故事后，马蒂亚什先生，您明白了吗？我们医生说什么，您就得照做，这样您的病才会好。”乌皮策医生最后说。

河中女妖的故事

“我也遇到过一件事。”戈日契克医生也说起了他的故事。

“‘某天晚上我睡得正香，忽然有人敲我的窗子，大喊着：‘医生，医生！’

“‘我打开窗子，问道：‘什么事？’

“‘求求您，好心的医生。’那个人哀求道，‘有病人急需您的救助！’

“‘病人？是谁？’我问道，‘是谁在叫我？’

“‘是我，我是夜空。’窗外的那个声音说，‘也是月光，请您快随我来吧。’

“我像是在做梦一样，匆匆穿上了衣服，走出了屋子，可是外面一个人都没有。

“我吓得浑身发抖，只好压低嗓门，轻声问：‘我往哪个方向走？’

“‘跟着我，’那个声音温和地说道，‘您跟着我走就好。’

“我跟着那个声音，穿过荒野。先是走过满是露珠的草地，然后经过了一片洒满月光的林地，寒冷皎洁的月光仿佛冻住了这个夜晚，周遭的一切变得如梦似幻。我原本对那里的一切是很熟悉的，但在那个夜晚，我想我看到了另一片天地。

“我跟着那个声音继续走着，忽然我辨清了方向，这里是拉蒂博日山谷。

“‘到这里来。’那个声音继续引导着我。

“河流哗哗地响着，浪花在月光下闪着银光，我站在河边的草地上，发现草丛中有什么东西在闪闪发亮。同时，我在一片流水声中听到了几声异常的轻响，像是谁在轻轻地哭泣。

“我假装镇静地问：‘是谁？谁的身体不舒服？’

“‘是我，医生。’那团闪闪发亮的东西回答了我，‘我是一个水中的精灵，河中的女妖。我和我的姐妹们正在这里欢快地跳舞，却不慎被月光绊倒，也或许是在露水上滑了一跤，我跌倒在地，动弹不得，我的腿好疼，请您帮帮忙。’

“‘好吧，我懂了，您骨折了。’我说道，‘就是骨头断了，得接好骨头。所以您就是那位爱在月光下跳舞的河中女妖？就是您将那些老实的青年们迷得神魂颠倒？这次，您恐怕得付出些代价了，因为摔断腿可不是闹着玩儿的。’

“‘确实很疼啊，医生。’那团闪闪发亮的东西呻吟道，‘您要是知道我有多疼就好了。’

“‘我知道。’我说，‘骨折怎么可能不疼呢？’

“我走到她的身边，跪在草丛里开始为她检查腿骨。虽然我是治疗骨折的行家，但我必须得说，给女妖治骨折真是一件麻烦事啊。她们的身体笼罩在月光里，骨头由硬质的光组成，手握不住。那骨头像风、像雾、像光，我还要想方设法将它拉直，扎上绷带。我尝试用蛛丝为她打绷带，她又哭又叫：‘它像钢丝一样要割开我的肉了！’我换了苹果花花瓣，她又哭闹：‘您要用石头压死我了！’最后我用透明的蜻蜓翅膀作为夹板，用月光透过露珠发散出的七色彩虹光丝把夹板固定住，才算完活儿。做完这一切时，我已经满头大汗，累得瘫坐在地上了。我对她说：‘您啊，在腿没长好以前，就别动它了。不过您和您的姐妹们还在这里，真是让我惊讶，那些精灵和小人鱼不是都去了更好的地方了吗？’

“‘什么地方？’

“‘电影院呀，她们都去拍电影了。’我说，‘她们在电影里载歌载舞，吸引着全世界人的目光，大家都向她们大把大把撒钱，您若有机会亲眼看见，一定会被她们穿的华丽的金线衣裳，或是缀满宝石的礼服所震撼，她们可从来不穿您身上这样普通的衣袍。’

“‘我的衣服才不普通！’女妖立刻反驳，‘它是用萤火虫的光丝织成的！’

“‘是的，但是它现在已经不流行了。’

“‘那现在流行什么？’女妖急切地问，‘拖地的？有长后摆的？’

“‘我没办法给您解释得这么细。’我说道，‘我得走了，天快要亮了，您也只能出现在夜晚，对不对？就此道别吧。但您可以考虑一下拍电影的事！’

“后来，我再也没见到那个女妖，我猜她的腿已经完全好了。那些妖精也没有再在拉蒂博日山谷出现，她们大概是去电影院了。你们看电影的时候可以留意一下，那些美丽的贵妇和少女可能会在银幕上动来动去，但你无法触碰她们，因为她们是由光组成的精灵，这也是电影院总是那么昏暗的原因，因为这些精灵害怕亮光。”

“我讲这个故事也是为了告诉你们，哪怕是那些精灵和各种童话里的人物，在现下这个时代找不到好的工作就没办法过上舒心的生活。”

先生们，这些医生已经聊了太久了，他们是不是把魔法师马蒂亚什给忘记了？但这也没什么奇怪的，马蒂亚什既不能说话，又不能动。他瞪着眼睛，满头大汗，一副可怜兮兮的模样，现在，他大概只能焦急地想：“这几位医生究竟什么时候才会开始救我呢？”

“好啦，我们现在还是来为马蒂亚什先生动手术吧。”科斯捷列茨医生说，“我们得先消毒，因为对外科医生来说，清洁和卫生是至关重要的。”

于是，四位医生开始消毒：他们用热水、酒精、汽油和石炭酸溶液反复洗手，随后穿上洁净的白罩袍，准备开始做外科手术了！此刻的气氛异常紧张，让人害怕得想要闭上眼睛。

“文采克，”戈日契克医生说道，“抓住病人的手，别让他乱动。”

“您准备好了吗？”乌皮策医生郑重地问着病人，“您真的已经做好思想准备了吗？”

可怜的马蒂亚什已经吓得不敢动了，脸上汗水与泪水交织着，哆嗦着点了点头。

“我们开始吧。”格罗诺夫医生说道。

电光石火之间，科斯捷列茨医生突然握起拳头，狠狠地在马蒂亚什背上来了一拳。这一拳真是使足了全身的力气，如同晴天霹雳般震撼，又如海啸般汹涌，惊得旁边钟楼内的钟摇来晃去，鸽子扑腾个不停，小狗慌忙钻回狗窝，连窗台上的猫也吓得失足掉了下来。

而那颗李子核被这一拳震了出来，它骨碌碌地冲出了山洞，飞过村庄，直到很远的地方才落下来，还意外地砸死了一头公牛。

马蒂亚什大口大口地呼吸着新鲜空气，感激地向四位医生道谢：“谢谢你们！”

“不用谢。”四位医生说道。乌皮策医生说：“我建议您啊，可以像加弗洛威茨的水怪那样，换个地方，休息一两百年。”

格罗诺夫医生附和道：“没错，您和苏莱曼国的公主一样需要阳光和空气，去撒哈拉沙漠里居住怎么样？”

科斯捷列茨医生继续说道：“撒哈拉沙漠不长李子树，光是这点就对您十分有益了，李子对您的健康是十分有害的。”

“综上所述，”戈日契克医生说，“马蒂亚什先生，您是一位魔法师，您可以在那里研究如何改造沙漠，比如说用您的魔法在沙漠里变出泉水和树林，这难道不是一份很不错的工作吗？”

马蒂亚什还有什么办法呢？他只好再次谢过四位医生，离开了他的山洞，去往撒哈拉沙漠了。从此，这里再也没有魔法师了，曾经住在这里的马蒂亚什魔法师现在正在沙漠中思考，如何将沙漠改造成山川河流、田地村庄呢。

水怪的童话

小朋友们可能没见过水怪，但他是不是不存在呢？其实，很早以前他们是存在的。

在很早以前，我刚生下来的时候，乌帕河上就有个水怪，他待在水坝下面。加弗洛威茨也有个水怪，他待在木桥旁。而拉德奇河里的水怪，这个水怪来我爸爸这儿拔牙时，还特意带了一篮盖着荨麻的鲑鱼作为谢礼。那些鱼儿闪着银光，肥美极了。辨认水怪很容易，他坐在哪里，周围就会不停地出现水迹。格罗诺夫附近的那个水怪负责管理我爷爷的磨坊，他待在水坝下面，用水里的十六匹白马拉着磨盘跑个不停，这也是工程师说的“十六马力”的由来。我爷爷去世的那天夜里，水怪也来了，他从磨盘上卸下了那些白马，磨坊也因此停工了好几天。在那些大河里还有更加富有的水怪，掌管着数十匹甚至上百匹马。当然，也有些生活在小溪里的水怪，他们很穷，一匹马都没有。

布拉格的伏尔塔瓦河里的水怪非常富有，在这条河里，即使是骗子水怪，也能过得和有钱人家的老爷一样，他们拥有轿车，飞驰时尘土飞扬；他们拥有游艇，夏天时能出海游玩。但是那些贫穷的水怪，生活就大不一样了，他们有些只守着一条小水沟，里面不过两三只青蛙、几只蚊子、再来两只水虱，有些小水沟甚至连老鼠都淹不死，一年到头除了点儿废纸和家庭主妇扔出去的破布之外什么都落不到，真是寒酸极了。然而，有些水怪，如拉蒂博日，却拥有数百万条鲤鱼、鲫鱼、梭鱼，这个世界真是不公平啊。

水怪们平时都自己过自己的日子，但到了每年发大水的日子，他们就会凑到一起开个大会。春汛时，他们会去赫拉德茨—克拉罗维附近开会。那里有柔软的草坪、清澈的水塘以及富饶的河湾和沼泽，下面还有最好的淤泥。那种黄色淤泥软硬正好，适合他们坐下来好好地讲一讲各处的新闻。比如什么地方的人用石头砌河堤，住在那附近的老水怪只好搬走；什么地方的瓦罐涨价了，给他们的生活带来了不小的压力；什么地方的水怪改行当了小生意人，那里的矿泉水很不错；什么地方的跛脚水怪做了水管修理工，活儿干得还不错。

据我所知，水怪虽然只会做些和水有关的活计，但找份工作并不难。他们可以成为一个潜水员，当个水手也行，再不济水泥工也是可以的。所以只当水怪的越来越少了，每次开会的时候他们都会为此讲起丧气话。

“水怪又少了五个，怎么办，我们这一行难道要绝迹了吗？”

“是呀，现在不像以前了。”特鲁特诺夫的水怪笑呵呵地说道，“以前，整个捷克都在水下，那也不过是几万年前的事情，那时候的人类，哦不,那时候的水怪和人类,都是怎样的呢？哎呀,我刚刚在讲什么？”

“您刚刚在讲捷克在水下的时候。”另一个水怪提醒他。

“没错,没错,那可真是段好时光啊。我们可以在水里从东走到西，从南走到北，甚至走到山顶上，脚都还踩在水里咧。”

“没错，那时候我们的城市多美好啊，房屋是用水砌的，家具用硬水打造，被褥用软水织就，海底的热水能用来取暖，生活多幸福啊！整个世界只有我们和水。”

查博科尔克沼泽来的一个水怪也接话说：“那时候的水比现在的水好多了，那时候的水可以切，可以搓，可以纺成线，也可以拉成钢，那时候什么都是用水做的，现在有什么呀，现在的水什么都不能做！”他吐了口口水，落在地上变成了一块小水潭。

“只不过那时候的水不讲话。”另一个水怪思索着说道，“除此之外什么都挺好的。”

“不讲话？”

水怪回道：“它不发出任何声音，就像被冻住了一样。到了夜晚，它更是什么声音都没有，你要是把头伸出水面，是一点儿动静都听不到的。”

“它后来怎么出了声的？”一个只有七千岁的小水怪问道。

“嗯……是我的曾祖父告诉我的，据说很早很早以前，那是几百万年前的事，当时有个水怪叫拉克斯尼克，还是叫米纳克，还是……啊，他叫什么来着？”

“奥里昂。”有人提醒他。

“是的！是的！我想起来了！就是叫奥里昂，他是被上帝赋予了说话本领的水怪，他不仅会讲话，还会唱歌，他的声音能让你捧腹大笑，也能让你感动得泪水涟涟，他是一个艺术家。”

“音乐家。”

“歌唱家。”水怪们纠正他。

“总之，他就是这样一个水怪。”老水怪继续说着，“他的内心隐藏着很大的痛苦，大家不知道他为什么这样悲伤。只要他唱起歌来，他的声音是那样美妙，那样悠扬，又那样伤心，总能引得大家跟着他一起哭泣。每当他的歌声在水中飘过，水里就会留下他的痕迹。叮叮咚咚，稀里哗啦，水也开始歌唱，开始低语，开始哭泣，开始跟着风，跟着阳光，跟着世界上的声音一同奏乐，像竖琴，像风琴，或者像人们歌唱、叹息时的声音。水就是从那时起开始唱歌的，要不是奥里昂，水会像现在的天空一样，一言不发。”

“可是天空落进水里不是因为奥里昂，”另一个老水怪说道，“我以前听我爸爸说过，他说那是水怪呱科斯的功劳。”

“这又是什么故事？”大家纷纷催促他继续讲下去。

“呱科斯爱上了一位公主，呱卡卡。呱卡卡是一位骄傲的公主，当然也很漂亮，她的肚皮是金色的，蛙腿修长有力，还有一张完美的从左脸咧到右脸的嘴巴，是青蛙中的大美人。如今你是看不到那样完美的美人了。”

“然后呢？”大家继续问。

“呱卡卡十分漂亮，同时也十分骄傲，不肯轻易回应追求者，呱科斯爱她爱得发疯，说：‘您要是愿意嫁给我，您要什么我都为您寻来。’呱卡卡说：‘那您把天空送给我吧，呱！’”

“呱科斯怎样才能将天空送给呱卡卡呢？他苦思冥想，却还是想不到答案，痛苦的呱科斯决定为了爱情牺牲自己，但他决不能轻易地牺牲，他要跃向天空，他还是第一个这么干的水怪。”

“他跃向了天空，然后呢？”

“然后他向上看，上面是湛蓝的天空；他向下看，下面也是湛蓝的天空，原来在他之前，没人意识到天空会倒映在水中。呱科斯看到了这一切，兴奋地大叫起来，然后背着呱卡卡，一同跳向空中。呱卡卡看到水里的天空，也大吃一惊，兴奋得‘呱！’了起来，她收到了她的天空，并且决定嫁给这个满足她心愿的水怪。

“在那之后，呱科斯和呱卡卡生活在了一起，他们生了很多的小青蛙。从此以后，水怪们从水中爬出来时就能看到天上有一个天空，水中也有一个天空，不管他们在哪里，只要他们低下头就能找到千万年前呱科斯许给呱卡卡的那个美丽的、湛蓝的天空。”

“呱科斯万岁！”

“呱卡卡万岁！”

这时候正好有人经过，看到一群青蛙在沼泽里大叫，十分奇怪，心想这群青蛙在叫嚷什么呢？他拿起一块小石子，丢了过去。

水花溅了起来，水怪们迅速钻回了水里，他们需要等待来年，再来这里开会了。

鸟儿和天使的童话

鸟儿平时只会用他们的鸟语交流，但这不代表他们不会讲我们的通用语，只是他们需要保守这个秘密。当你还在睡梦中时，你就错过了他们之间的早安和寒暄；等你起床时，他们已经在忙着四处啄麦子、捉虫子，养家糊口了。鸟爸爸四处寻找食物，鸟妈妈照料孩子，如果想要听他们讲话，你就得在清晨鸟儿们早起做家务的时候偷偷留意了。

鸫鸟会一边收拾鸟巢，一边对住在排水管里的麻雀邻居叫一声早安："起得真早呀。"

"是呀，唧唧，早起的鸟儿有虫吃，"麻雀回应道，"一起去吗？"

"没错，没错。"鸽子抱怨道，"谷子太少，咕咕咕，谷子太少。"

麻雀立刻附和道："原来用马车运麦子的时候，路上到处都是麦粒，现在换了汽车，一点儿麦粒都没有了！"

"就只有汽车尾气！臭烘烘！"鸽子咕咕咕道，"日子苦哇，苦

苦！苦苦！四处盘旋寻找，什么也找不到，谷谷都没有了！只有苦苦！苦苦！”

“这里的日子真是艰难。”麻雀竖起了羽毛，“我们麻雀也一样，要不是辛辛苦苦在这里安了个家，真是不想待了！”

“戴维策那个地方怎么样？”鹪鹩悄悄地问他。

“戴维策？”麻雀想了想，“我倒是有个叫菲利普的同族兄弟，住在那里。”

“不，我说的是那个整天不梳洗，羽毛总是乱糟糟的，还喜欢抱怨的佩皮克。他说，其他的鸟儿去南方过冬，见过大城市、大场面，只有麻雀一辈子都在一个地方居住，戴维策真是太没劲了。他说：‘既然燕子都能飞去埃及，我为什么不能？我也要去，我要收拾好我的行李，带上我的球拍、我的睡衣、我的牙刷和网球。我打网球的技术可厉害了。我这么机灵、轻盈，光靠打网球就能赢下整个瓦尔德施泰因宫，到时我就可以在它的屋顶上面随意筑巢。我根本看不上那些普通的干草，我的巢要用最好的稻草，用黑玉兰，用松鼠尾巴，用马鬃来筑成！没错儿！’那只小麻雀呀，每天这样大叫大嚷，说他在戴维策待不下去了，他一定要闯出一番天地。”

“然后呢？他飞走了？”

“是呀。”鹪鹩在树丛里悄悄说道，“后来他就飞向南方了。不过麻雀们通常不会这样做，因为他们不认识路。那个佩皮克啊，他的短羽毛不足以支持长途飞行，钱也带得不够。你也知道，麻雀们是不习惯攒钱的，他飞到卡尔达绍瓦时已是身无分文，连住宿钱都没有了，所以他只能停了下来，但他依旧兴高采烈。那里的麻雀头头倒是对他十分和气，对他说：‘你这废物，你是想来我们这里吃慈善面包吗？这里的广场、饭馆、公路都是居民们的，你想要找吃的，只能去谷仓后面寻找。不过我给你寻了个住的地方，你可以在五十七号草棚处分到一点儿干草，现在，来签个名吧。’”

“他就这么留下了？”

“是啊，就这么留在那儿了。”鹪鹩说，“我有个姑妈在那边居住，她说佩皮克到了卡尔达绍瓦之后还在吵吵嚷嚷，说那里的生活太无聊了，根本比不上戴维策。那里没有电车，也没有汽车，没有什么体育馆和咖啡馆，在那里生活根本是在受罪。有人请他去里维埃拉，只要钱一汇到，他就准备动身。卡尔达绍瓦的麻雀天天听他这样讲，叽叽喳喳地吵得他们吃不下麦粒，也跟着发起了牢骚，天天嚷着：‘哪里都比这里好！哪里都比这里好！’”

“这些鸟儿真是太奇怪了，”一只山雀在石榴丛中附和道，“科林附近就有那么一只燕子。她生活得富足无忧，可是她在报纸上看到说我们这儿糟糕极了，美国才是真正的天堂，棒极了！她就想，一定要去美国看一看，她就这么前往了美国。”

“怎么去的？”鹪鹩立刻插话。

“谁知道呢？轮船或者飞机？可能是在飞机底下偷偷筑巢？总而言之，她是去了美国，一年多以后才回来。她说啊，那里真是太美好了，这里完全不能比。那里的楼高得很，高到什么程度呢？麻雀在楼顶筑巢，下的蛋不小心滚落下去，要在空中下落好久好久，直到孵出小麻雀，小麻雀又长大，长大又结婚，结婚又生小小麻雀，……最后落到地面的不是那个麻雀蛋，而是一只老麻雀。她还说那里的房子都是用混凝土造的，别提多结实了，这边的燕子真该去学习一下啊，现在还用泥巴做窝，真是傻瓜一样的行为。她这么一说，四面八方的燕子都来听热闹了，等燕子都飞来了，这只燕子说道：‘我现在来教你们如何做混凝土鸟巢。首先你们要搞到水泥，再搞到黄沙，然后要用水将它们拌成浓粥的样子，等风干了就是真正的混凝土现代鸟巢了。若是找不到水泥，就寻些石灰拌黄沙，但石灰一定得是熟石灰，你们还不知道生石灰是怎么变成的熟石灰吧？我来给你们展示一下。’这只燕子飞去了附近的工地，从砖匠那里偷了一块生石灰回来，可是她的嘴是湿润的，生石灰遇到水就开始发热。生石灰在她的嘴里冒出热气，还发出吱吱啦啦的声音。燕子害怕得一口吐掉了生石灰，叫嚷起来：‘你们看，你们看，生石灰就这样变成熟石灰了！好痛！我的嘴巴好痛！天啊！救命！为什么这么痛！我的嘴巴烧起来了！上帝呀……’她做得没错，生石灰就是这样变成熟石灰的。其他的燕子看她疼成那个样子，立刻摇晃着尾巴，一哄而散，飞回家里去了。他们想，还好我没用混凝土筑巢，我的嘴巴也不会这样痛！就因为这个缘故，直到今天，燕子们依然使用泥巴筑巢，而不是混凝土！好了，我得回家了！”

“山雀先生！”鹡鸟嚷道，“您路过市场的话，替我买点儿蚯蚓吧！我今天没工夫去市场，我还得教孩子们飞行呢。”

“好邻居，没问题。”山雀说道，“我知道带孩子有多不容易。”

“你们知道是谁教会了鸟儿们飞行的吗？”椋鸟站在枝头，高声说道，“这可是卡尔斯泰因的乌鸦讲给我听的。那只乌鸦已经很老了，大概有一百岁了，这可是他从他爷爷那儿听到的，而他爷爷又是从曾爷爷那儿听到的，曾爷爷也是从他祖母的曾爷爷那里听到的，所以，这是千真万确、不容置疑的事。那个时候，每当到了夜间，天上就会有星星突然落下来。当它们快要到达地面的时候，你会看见星星被一团熊熊燃烧的火焰包裹着，宛如一颗大火球。不过，当星星到达地面后，鸟儿们就会发现它们根本就不是星星，而是一颗颗金光闪闪的、冒着火焰的天使蛋。这事听起来真是不可思议，但确实是真实发生过的，因为这件事是卡尔斯泰因的乌鸦的祖先们亲眼所见的。不过，人类对这种蛋有另外的叫法，他们管这种蛋叫作……”

“流星。”鸫鸟说。

“对，”椋鸟点了点头，“那时的小鸟还不会飞，只能在地上跑来跑去，他们看到落下的天使蛋，就想将它们当成自己的孩子去孵它，看看能不能孵出一只鸟——这也是乌鸦告诉我的，因此也是千真万确的——后来有一天夜里，天上又掉下了这样的蛋。一只腿长的鹳鸟看到那只金灿灿的蛋，率先冲上前去。他伸出脚去抓，可是那只蛋烫极了，他的脚都被烫伤了，只好去水里站着让两只脚凉快凉快——他们至今还有这样的习惯呢。”

“那只蛋呢？”

“那只蛋被鹳鸟带了回来，他让大家伙想办法孵化它。野鹅想孵它，可是肚皮一贴上去，就被烫伤了，她赶紧跳进水里，让肚皮凉快凉快——他们至今还保留着这个习惯。其他的鸟儿一只接一只地去孵那只蛋，从白天到夜晚，从未间断。”

“鹪鹩也去孵了吗？”

“是啊，鹪鹩也去孵了那只蛋。”椋鸟说，“只有鸡不肯这样做。鸡嘲笑了其他鸟儿，说他们是傻瓜，她可没有这样的工夫，请他们去找别人吧。然而，就在众鸟轮流孵了一遍蛋之后，奇迹发生了，蛋里孵出了一位天使。她赞美着上帝，展翅飞上了天空，她说：‘承蒙你们的厚爱，让我来到了这个世界上，我要怎样报答你们？我想，就让你们像天使一样，能用翅膀飞翔吧。’”

“千真万确啊！天使数起了一、二，还没等数到三，所有鸟儿的翅膀都仿佛被赋予了神奇的力量，他们轻盈地飞向了天空。只有鸡不会飞，因为小气的鸡不肯孵天使蛋。那只乌鸦就是这样跟我讲的。”

“好，我们来飞行，”听完这个故事，鸫鸟说道，“一、二、三！”

鸟儿们晃了晃尾巴，扇动翅膀，像天使赐予他们力量时那样飞了起来，他们飞向天空，寻找食物去了。

警察的童话

警察局这个地方你们都知道，不管白天黑夜都有警员在那里值班。从太阳落山到再一次升起，不仅有警察在警察局里防范突发事件，还有很多警察要在路上巡逻。他们防范着小偷、强盗、妖怪以及其他的坏家伙们，他们的脚都走疼了，才回去休息一下，再由警察局里的其他警察接他们的岗出发巡逻，就这样周而复始。一整个夜里，总会有警察保持清醒。警察们为了消磨无事发生时的时间，就会一边抽烟，一边聊起他们在巡逻途中见过的各种怪事。

某一天晚上，一个叫哈拉布尔特的警察巡逻归来时，正好大家在抽着烟聊天。

“辛苦了，坐下喝杯茶吧。”老警察说道，“换霍拉斯接替你去了，怎么样，巡逻时遇到什么事情了吗？”

“没有什么事，”哈拉布尔特说道，“在秀特潘思卡的街道上有两只猫在打架，我以法律的名义，把它们拉开并教育了一番。而后我到了金特纳街上，那里有只小麻雀从窝里掉了下来，我立刻通知消防队，让他们把它重新送回原来的窝里。当然，粗心大意的麻雀父母也被我教育了一番。然后是叶秋娜街，我正在街上走时，有东西拉了拉我的裤脚，我一低头，原来是那个小家伙——就是你们知道的——卡尔雷沃广场那个长着大胡子的小家伙。”

“哪个？”老警察说，“那边乱哄哄的，你说的那种小家伙可太多了。”

“就是平时住在柳树上，叫帕德霍列茨的。”哈拉布尔特说道，“或许你还记得那个总是扯我裤腿的小家伙。”

“啊，我知道了，那个捣蛋鬼时常让人在卡尔雷沃广场上丢失东西，戒指、怀表、陀螺……什么都有，然后它又把这些东西都送去失物招领处，让人搞不懂。它怎么了？”

“它说自己回不去家了。”哈拉布尔特说道，“有松鼠把它的家给占了，不让它回家。我拎着警棍，带着它去了它那棵大柳树下，我说：‘以法律的名义，您得立刻搬走，不然的话，本警察要以侵占别人房屋的罪行逮捕你了！’那只松鼠一开始还蛮横得很，坚决不搬，等我脱了衬衫，爬上树时，那家伙突然哭起来了！它说：‘警察先生，请别逮捕我，我不是坏家伙，只是我的小屋被大雨给冲走了，我无处可去，才想借住在这里，只是这样而已。’唉，我只好训斥了它一顿：‘你的小屋被毁掉，就抢占别人的私人住宅可是不行的，快带着你的坚果离开吧。若是你以后再来强占帕德霍列茨先生的房屋，我可要把你逮捕到警察局了，听明白没有？！’今天的巡逻大概也就是这些内容了。”

“狄维泽那边倒是没有这些小滑头。”一位叫班巴斯的警察说道，“那边都是新盖的房子，什么小妖精、小捣蛋鬼都没有。”

“那边是那样的，可是这边真是数不胜数。”老警察说，“要放在以前，你一天没遇到这样的人都会觉得不可思议。就说西沱科夫斯基沼泽的那个水怪，自称是很早以前就在那里占山为王了，但他生活得很安稳，从来不给警察找麻烦；但利特纽斯基的那个水怪就完全不一样了，那完全就是一个无赖。哦，你们应该还记得西沱科夫斯基的水怪吧？之前布拉格市河道局还给他发了月薪，请他监守伏尔塔瓦河。那家伙干得不错，洪水从来没在那条河道里泛滥过，大概洪水泛滥都是上游那些坏家伙干的事。”

“可是利特纽斯基那个坏家伙嫉妒他，撺掇他去要求涨薪水，要涨到长官级才可以，结果呢？河道局当然是不同意了，毕竟水怪有资历但是没学历，连大学也没上过啊。水怪气坏了，离开了布拉格，后来大概是在多拉久达那边定居了吧。西沱科夫斯基附近倒是一个水怪都没有了，布拉格的水怪也少了不少。对了，还有，以前鬼火妖精还很喜欢在卡尔雷沃广场那边开舞会。那些妖精把过路的人都吓了个半死，警察不得不出面，请他们去斯特洛佛卡，也就是请他们去那边代替煤气灯。每天天黑的时候，煤气公司让他们进路灯里上岗，天亮的时候再请他们下班。不过后来点灯的人少了，鬼火妖精也少了。斯特洛佛卡现在只剩下了十几个，有三个去当了合唱团的女歌手，一个成了电影女明星，还有一个嫁给了一个铁路工人，在家相夫教子呢。有一个在金四季花园住着，有两个住在格列波佛卡那边，还有一个住在耶伦，据说那边的园丁还很欢迎他们，甚至想在园子里帮他们盖个房子，请他们定居，只是不知道为什么没在那里住下来，大概是那边在风口上，所以不适合妖精居住。总之，布拉格市内，光是我们警察知道的小妖精就有三百四十六个。他们大部分都是在公共建筑、公园、学校这些地方定居。还有些会在私人建筑里定居，不过很少见。幽灵基本上没有了，毕竟科学家论证过，这是根本不存在的东西。不过，有一两个老家伙好像还住在旧城区的阁楼里，听说市政府官员还讨论过这件事。”

“但恶龙总是存在的吧？”警察巴克斯说，“前段时间，奇休克夫那里不是被消灭了一头？”

“这我还真不清楚，”老警察说，“那边不归我管。”

“哦，我知道那个事，我来给你们讲讲吧。”巴克斯说，“这个事是我负责的，但是写报告的是沃克万。某天晚上，一个老太太来找他报警，那老太太是个算卦的，说是有个叫富尔达博德的怪物把一位美丽的公主囚禁在仓库里。这事千真万确，那个怪物把公主从她父母那里抢了来，不管她是不是公主吧，总之这是犯罪，警察是要管的。当然，如果怪物对警察的逮捕做出反抗，那势必会有一场恶战，因此沃克万全副武装地去了仓库，他肯定得这么做，对不对？”

“当然，”班巴斯说，“不过我还从来没见过什么怪物呢，还是请你继续讲下去吧。”

“就这样，沃克万全副武装地走进了漆黑的仓库。突然，仓库里响起了可怕的咆哮声，他用手提灯去照，看到了一个有七个脑袋的怪物。那七个脑袋分别在咆哮，在讲话，在骂各种脏话，怪物当然是没教养的，可沃克万还在这些声音中听到了抽泣声。沃克万又照向了角落，果然发现那里有一位美丽的少女在哭泣。她拼命捂着耳朵，不听怪物讲的脏话。

“于是沃克万试探着说：‘你这家伙到底是什么东西？’他语气十分克制，但也保持着警察的威严，‘你有什么身份证件吗？’怪物听到这样的话，几个脑袋分别发出了不同的声音，有的嘲笑，有的尖叫，有的咒骂。沃克万看到这番景象，立刻大声说道：‘以法律的名义，你必须跟我去警察局，还有那个姑娘我也要带走！’

“第一个脑袋大叫起来：‘你是什么东西！你连怪物领主富尔达博德大人都不认识！

“第二个脑袋喊着：‘在你面前的，是格拉纳德斯基山的富尔达博德大人！’

“第三个脑袋也叫嚷道：‘是名满天下的穆尔哈曾斯恶龙！你连他都不认识吗？’

“第四个脑袋威胁说：‘我现在就要一口吞掉你，像吞掉一颗小草莓一样！’

“第五个脑袋尖声说：‘你睁大眼睛看着吧，看我是怎么把你撕得粉碎，然后碾成肉酱的！’

“第六个脑袋发出一阵哈哈大笑的声音，然后说：‘你别眨眼，看我怎么把你的脑袋扭下来！’

“第七个脑袋咆哮起来：‘准备好受死吧！’

“七个脑袋的声音像雷声一样，但沃克万却不怕，他抄起警棍冲着这几颗头噼里啪啦地敲了下去，于是那些怪脑袋又说话了。’

“第一个脑袋说：‘有虫子在我的头顶爬过去？’

“第二个脑袋说：‘像是被什么东西挠了挠。’

“第三个脑袋说：‘像是被跳蚤咬了一口。’

“第四个脑袋说：‘你可以再用那个小棍子试一试。’

“第五个脑袋说：‘用力！’

“第六个脑袋说：‘往左一点儿，那边痒。’

“第七个脑袋说：‘有没有大点儿的棒子？’

“接着，沃克万拔出了佩刀，冲着七个头一个接一个地砍过去，可是怪物身上的鳞片很坚硬，沃克万怎么也砍不破。

“第一个脑袋说：‘这样有点儿上道了。’

“第二个脑袋说：‘砍我是不成的，砍我身上的跳蚤也许能试一试。’

“第三个脑袋说：‘用这个挠痒还算有点劲儿。’

“第四个脑袋说：‘杂毛是不是梳理下来了？’

“第五个脑袋说：‘可以刮刮我的头皮屑吗？’

“第六个脑袋说：‘这是什么刀？像小鸟的羽毛轻抚一样，一点儿感觉都没有。’

“第七个脑袋说：‘再来，再来！’

“沃克万终于忍无可忍，愤怒地掏出了他的手枪，砰砰砰地对着怪物的脑袋连开了七枪。

“怪物终于发怒了，它大叫起来：‘吵死了！这些沙子进到眼睛里、进到头发里真是难受！住手吧！’

“沃克万还在对着那些脑袋射击，怪物大声嚷嚷着：‘啊呀呀，我的嘴巴里都进沙子啦。’说着，还一边从七张嘴里喷出了火焰。

“诸位，沃克万可是个警察，他怎么会怕纵火犯呢？他迅速从应急手册里找到了应对手段——立刻呼叫了消防队。那天晚上，消防队员和警察都去了，包括我，沃克万也告知了我们当时的情况。

“‘我们一定要救下那个姑娘，不过那怪物十分厉害，普通的武器没办法伤到他。所以消防员们要先把火灭掉，然后警察们再尝试攻击怪物脖子后面那块柔软的皮。’正当我们商量对策时，消防车到了，怪物当时还在肆无忌惮地对着周围不停喷火呢，消防员从消防车里拉出了七根巨大的水管，并将水管的喷头对准了怪物的喉咙口。

“沃克万赶来指挥消防员们。

“‘大家将水管的喷头对准怪物，听我数到三。’消防员们全神贯注地听沃克万指挥，沃克万沉住气，大声喊道：‘一、二、三！’随着一声令下，水管的喷头喷射出了巨大的水柱。水柱遇到火焰，瞬间产生了大量的水蒸气，火焰也渐渐熄灭了。

“那只威风神气的怪物现在神气不起来了，它又是咳嗽，又是嘶吼，又是吐泡泡，最后开始惨叫。终于，它嘴巴中的水蒸气慢慢平息了，在消防员的水管下，它像只落汤鸡一样噗噗地吐着水泡。不过，即便成了这个样子，他还在不停地咒骂我们。就在此时，沃克万下令，让警察们拔出刀来，一起砍向怪物脖子后面那块软皮。

“七个头滚落在地，接着伤口喷出了清水，怪物就这样再也不能威风神气了。而沃克万看向公主说：‘请您过来吧，不过要小心，不要把漂亮的衣服弄脏了。’

“‘谢谢你们，’公主说，‘我那时正在公园里和我的女伴们玩耍，那怪物突然从天而降，将我掳到这里来。’

“‘你们飞了多远？’沃克万问道。

“‘从阿尔及利亚飞到了马耳他，又飞到伊斯坦布尔、贝尔格莱德、维也纳、布拉格，最后来到这里，足足飞了三十二个小时。’

“‘真是了不起，’沃克万吃惊地说，‘简直比长途客机飞行的最长时间还要长，你现在要不要往家里发个电报，让你的父亲来接你？’

“就在此时，一阵刺耳的刹车声响起。一位穿着长袍、满身珠宝的国王走下了汽车，他看到了自己的女儿，十分高兴地走了过来。可是这个国王被沃克万拦住了，原来他超速了，需要缴七克朗的罚款。

“国王面露愁容，他出门的时候带了许多钱，可是他为了寻找女儿，那些钱都用来买汽油和缴罚款了，现在他已经身无分文了，只好让仆人立刻把钱送来。

“国王说：‘你穿着如此笔挺的制服，相貌又如此英俊，我相信，你一定是一位勇士，说不定还是位王子呢！我本想将自己的女儿嫁给你，但我看到了你手指上的结婚戒指，你已经结婚了吗？’

“‘是的，’沃克万说道，‘不仅如此，我还已经有了可爱的儿子和女儿。’

“‘那我要恭喜你了，’国王说，‘若你不能娶我的女儿，我愿将我

的一半国土赠予你。那里有二千万人口，七万平方公里土地，还有不计其数的铁路和公路，是个富饶之地。’

“‘可是，杀死那头怪物是我们的职责所在，并非为了您的酬谢。’沃克万说道，‘这是我们分内的事情，不能接受您的报酬。’

“‘那我将半个王国送给布拉格的全体警察如何？’

“‘那样的话，我们的人手就不够了。’沃克万说道，‘我们负责这个城市的安宁已经十分辛苦了，再来半个王国，我们可忙不过来了。’

“‘好吧，好吧。’国王说道，‘既然你这么坚持，那我就只好放弃这个决定了，但礼物我是一定要送的。这是我国的特产香烟，用料十分特别，请你收下吧。’国王说着就带着自己的女儿上了汽车，离开了布拉格。

“国王送的香烟正好是七人份的，我们回到警察局就分了它，大家品尝了一下，有甜甜的蜂蜜味儿、醇厚的肉桂味儿、冰凉的薄荷味儿，还有香草、醇酒等，多种香味混合在一起的味道，这样的香烟可真是太特别了。至于那头怪物的尸体，本来它可以做成标本，送到博物馆去的，可是它在水里泡着，慢慢变成了果冻，这下可没人能将它拿起来了，想起来真是遗憾啊，诸位。”

巴克斯讲完了他的故事，大家都深深地吸了一口香烟，大概是也想感受一下那美妙的滋味，然后霍德拉又讲了起来。

“巴克斯讲完了他的故事，我也来讲一个我经历过的故事吧。某天，我在沃伊特修卡大街巡逻，意外在一个教堂前的拐角处发现了一枚巨大的蛋，那枚蛋大到头盔都装不下，我猜是鸵鸟或是更大的鸟下的蛋吧，于是，我就把它送到失物招领处，等着失主来找。那天正好是波尔在失物招领处值班。你们都知道的，他的腰不好，医生让他把火炉烧旺一点儿，可以烤一烤腰，所以办公室里热得像个蒸笼。

“‘你这里太热了，’我和他打招呼，‘我刚刚在沃伊特修卡大街上捡了个蛋，我先把它放在这里了。’

“‘随便放在什么地方都行，’他嘀咕道，‘你要不要坐一会儿，我和你讲，腰部受寒是真的很难受啊……’

“我们聊了一会儿，突然，我听到了一阵窸窸窣窣、噼里啪啦的声音。我感觉很奇怪，就四处查看。没想到是那个蛋裂开了，里面出来了一个哈巴狗那么大点儿、长着七个脑袋的小东西，那不是许德拉吗？这可麻烦了，这东西不能放在这里，只能交给动物协会的人去处理。

“‘可是，’我说，‘这东西也不是什么常见的动物，不是应该登报寻找失主吗？’

“‘那也行，可是现在要怎么喂养它？’波尔说，‘要不试一试牛奶和面包？对于这些小动物来说，牛奶和面包是最容易吃下去的东西吧？’

“波尔切了七片面包，放进七杯牛奶里，七个小脑袋迫不及待地围了上来，你推我，我推你，整个房间里溅得到处都是牛奶，等到它们吃饱了，这些脑袋就挤在一起，沉沉地进入了梦乡。波尔把房间收拾好，然后写了一则广告送去登报了。

“波尔的失物招领是这样写的：

有一个蛋在沃伊特修卡大街上被捡到，送至失物招领处时孵出了一只许德拉：

身体是黄黑色带条纹的，有七个脑袋。

失主请来 xxxx 失物招领处认领。

“他登了报，第二天去上班，走进失物招领处的办公室一看，吓得话都说不出来了。原来这一晚上，许德拉把办公室内的物品吃了个一干二净，手表也好，钱夹也好，饭盒、钢笔、玻璃弹珠、陀螺、纽扣、胸针、手套……反正办公室里所有的东西被吃得干干净净，连波尔的笔记本和房间里取暖的火炉、烟囱都被它吃光了。那个小小的许德拉现在长成了两倍大，有些脑袋因为吃撑了，看起来傻乎乎的。

“‘这怎么办！’他大嚷起来，‘这可不是一般人能养的动物！’

“他立刻打电话给动物协会，请求他们来接收这只许德拉。不久后，协会的工作人员赶到了现场。他们领走许德拉之后，喂它吃了许多种食物，因为他们也不知道许德拉到底该吃些什么。于是，给它吃了牛奶、面包、煎饼、香肠、胡萝卜、巧克力、糖果、豌豆、大米布丁、土豆沙拉，许德拉自己也会吃些文件、报纸、门把手这类东西，反正许德拉快速长大，没多久，就长得像一只狼狗那么大了。

“就在这时，动物协会收到了一封魔法电报，上面写着：

那只许德拉是被施了魔法的人类，详情请等我到达后再谈，我将迅速启程，预计三百年内到达。巫师博斯克。

“协会原本养得好好的，这下犯了难，因为如果许德拉是人类，那是不能放在收容流浪动物的地方喂养的，它要去人类住的地方生活。可是不管养老院还是孤儿院都不会要它，毕竟它怎么看都不是个人啊！它既然已经被施法变成了动物，那就该继续待在动物协会。

“几方争执不下，谁也不愿意收留许德拉，不只许德拉自己，人们也搞不明白它到底该算什么，于是许德拉痛苦不堪，连东西也不吃了，每天病恹恹的。

“就在这时候，协会里有个不起眼的小人物托尔迪那站了出来。他身材并不高大，长相也不英俊，怎么看都是十分不出众的一个人。因为不忍心，他申请将许德拉带回去自己照顾。他说：‘诸位，不管它到底是人还是动物，它总要好好生活，让我来照顾它吧。’

“协会此时正觉得许德拉是块烫手山芋呢，当然非常乐意有人将它领走。于是托尔迪那将许德拉带回了家，每天喂它吃饭，给它洗澡，又给它按摩，每天还要领它出门散散步，只要他喊一声，许德拉就像小狗一样摇着尾巴跑过来。托尔迪那给许德拉起了个名字，叫阿米娜，许德拉对这个名字也欣然接受。他们俩就这样平静地生活，直到有一天，托尔迪那领着许德拉出门散步，被警察看到了。

“警察问：‘先生，您到底领了个什么东西？这是狗吗？如果是狗，它应该戴项圈；如果是猛兽，您不该带它上街。’

“‘这应该也算是狗，许德拉·博尔佐伊，七个头的狗，我现在去

买项圈可以吗？’

“他买了项圈，警察又有了新的意见，他说：‘先生，您的狗有七个头，每个脖子上都要戴一个项圈，您看，警察手册就这么说的。’

“‘可是，’托尔迪那说，‘它正中的脖子是戴着项圈的。’

“‘那可不够，它其他的脖子不也可以随意晃动吗？’警察说，‘必须都戴上项圈。’

“托尔迪那哀求警察宽限他三天，因为他家境贫寒，买一个项圈已经是很重的负担了，让他再买六个是无论如何也买不起的。他想了又想，实在想不出如果许德拉被警察带走会变成什么样，它会被卖去马戏团，被训练师每天殴打吗？会被警察当成危险的猛兽杀死吗？他愁眉苦脸，长吁短叹。许德拉走了过来，把它的头靠在了托尔迪那的膝盖上，七双眼睛静静地注视着他。

“‘不管怎么说，我不能坐视不理，我不能让他们把你带走。’

“托尔迪那这样说着，翻出了箱子里最后一点儿值钱的东西，那是他父亲的怀表，还有一套相当体面的衣服以及一双他的新皮鞋。他把这些都卖了，再加上向别人借的钱，终于又买到六个项圈，戴在许德拉的脖子上，带着它出去散步。七个崭新的项圈发出悦耳嘹亮的碰撞声，全城都听得见。

“可是托尔迪那万万没想到，那天晚上房东又来了。房东说道：‘您养狗可以，但我们是正派的人，我们从来没见过七个头的狗。您不该在我们的房子里养它，所以要么您赶快把它丢掉，要么您在下月一号前搬走。’房东说完之后，便毫不留情地离开了。

“‘我们有什么办法呢？’托尔迪那对许德拉说，‘我们只有搬家了，但请你放心，我不会抛弃你的。’他这样说着。许德拉默默地走了过来，贴着他的腿，用一双双美丽的眼睛悲伤又安静地注视着他。可是托尔迪那的霉运还没有结束，他是一个银行的小职员，第二天他去上班，科长突然把他叫去了办公室，说道：‘托尔迪那先生，您的私生活是您自己的事，我本不应该干涉，但是现在流言蜚语传得很厉害，我也没办法啊！有人说您养了只七头许德拉，您怎么能养那种珍奇的生物呢？您的上司都没有养过，这和您的身份可不相称啊，那是只有国王才能养的,您太僭越了。要么您马上把它处理掉,要么您就被解雇。’

“‘我不能抛弃它，科长先生，’托尔迪那悲伤地说道，‘只有它是我不能抛弃的。’他说完就回家了。他是那样平凡的一个人，面对这样的压力，他无法抑制内心的痛苦，一回到家里就忍不住失声痛哭了起来，泪水冲刷着他的面颊，模糊了他的视线。

“就在此时，许德拉走到了他的身边，又将头放在了他的膝盖上。他一边落泪，一边摸着许德拉的脑袋，喃喃自语：‘阿米娜，请你放心，我绝不会抛弃你的。’可是他这样说的时候，忽然觉得手下的头和以前的感觉不一样了——他似乎摸到了柔软的长发，他连忙将泪水擦干。

“天啊，他面前的不是那只七个脑袋的许德拉，而是一位漂亮的少女。她跪在托尔迪那面前，将头放在他的膝盖上，正用那双美丽的眼睛望着他。

“‘这，这是怎么回事？！’他嚷道，‘阿米娜在哪里？！’

“‘我就是阿米娜。’她说道，‘我是一位公主，曾经我十分傲慢骄横，看不起别人，因此被魔法诅咒变成了许德拉，但从今以后，我愿意用温柔的心来对待这个世界。’

“这时，门口忽然传来了一个声音，一位法力高强的魔法师来了，原来他就是发电报的博斯克。

“‘你救了她，托尔迪那先生，’魔法师说道，‘你用高尚的心灵和温柔的爱将她从魔法中解救了出来。她是一位公主，她的父亲要求您立刻去继承他的王位，您现在必须跟我走了，刻不容缓。’”

“沃伊特修卡大街上那个蛋的故事就这样结束了。霍德拉说，“若你们觉得这故事太离奇，可以去问问波尔。”

小狗和精灵的故事

我的爷爷曾经是个磨坊主，他驾驶马车给各个村庄运送面包，再将精挑细选过的小麦运回磨坊，十里八村的人没有不认识那辆马车的。“沃日谢克。”他们会冲着那辆马车这样喊。但沃日谢克并不是马车车夫，车夫是老舒立特，而沃日谢克，则是他身边的那只小狗。人们都说：“那只小狗坐得笔直，像是它在赶马车一样！”若是马车在爬坡，仿佛是为了鼓励车轮转动得更快些，舒立特的鞭子在空中打了个脆响，于是两匹马——菲尔达和让卡就爬得更起劲了。它们顺顺当当地拉着满车面包来到各个村庄。就这样，那只小狗沃日谢克坐在马车上，走遍了附近的村庄。

那时候还没有那些蛮横无理的汽车，那时的人懂规矩，赶车时总是慢慢地，不让它发出什么噪声。没有司机能像老舒立特那样抽鞭子，那样赶着马儿走。他的马车行驶平稳，既无尘土飞扬，又无刺鼻的汽油味，更没有那些吵人的声音。人们远远地就能听到沃日谢克的声音，随后就会开始准备好迎接面包，等马车进了村庄，人们就会和老马车夫打声招呼。这时，沃日谢克就会跳到马背上，稳稳当当地在马背上站直，兴奋地吠叫着，好像在说："孩子们！汪汪！我和菲尔达还有让卡！我们带面包来啦！"它总是那么高兴，仿佛比皇帝出游还要高兴，还要隆重。啊，已经很久没有见到那种景象了。

沃日谢克真是个聪明的家伙，它知道怎么赶鹅。它从这边叫，汪汪汪，鹅群就往那边跑；它从那边叫，汪汪汪，鹅群就会往这边跑，它赶着鹅跑，跑得高兴了，尾巴就飞快地摇晃，像要飞起来一样。我敢说，将军也好，市长也好，都绝不会有它那样的好嗓子。

可是它以前可不会这样叫，很早很早以前的某个晚上，爷爷从小饭馆出来往家走，路上很黑，爷爷想壮壮胆，就唱起了歌。他唱得十分投入，但唱到一半却忘记了歌词，这可怎么办呢？他停下来思索时，突然听到脚下有什么东西在哭，呜呜呜，哭得好伤心，细声细气的。他弯下腰，摸到了一个毛茸茸的小东西，皮毛软软的像天鹅绒，将它放在手掌心，小家伙还会吮吸爷爷的手指。

"我得把它带回去看看清楚。"爷爷这样想着，把它带回了家。奶奶正在等他，她是个贤惠的妇人，总要等爷爷回家后，道一声晚安才会入睡。爷爷刚进门，没等她讲话，爷爷先说话了。

"你看看，爱丽安娜，我带了什么回来？"

奶奶用灯照了照，原来是只小奶狗，眼睛没睁开，放在手掌里像个小核桃，团成一团。

"这是谁家的小狗呢？"爷爷感到十分疑惑。

小狗哆哆嗦嗦地呜咽着。它眼睛都没睁开，就离开了妈妈身边，要怎么办？爷爷发了愁：“爱丽安娜，给它煮点牛奶吧。”

爷爷掰了块面包浸在牛奶里，然后将浸过的面包拴在手帕上作为小狗的临时奶嘴，小狗吮了又吮，直到吃饱喝足。可是小奶狗只有这么一丁点儿，晚上被冻死怎么办？

好在爷爷想到了好办法，它带着小狗去了马房，让卡和菲尔达在那里，它们的呼吸把整个马房都弄得暖暖和和的。爷爷走了进去，将小狗放在了干草上，让两匹性情温和的马儿闻了闻。

“是自己家的人。”马儿悄悄地说。

沃日谢克在马房里喝着牛奶长大，很快它就长成了一个胖胖的小肉球。它每天都跟两匹马在一起，既不知道应该如何使用自己的爪子，又不懂自己的尾巴是用来做什么的。让卡和菲尔达还要时刻小心，不能踩到这个小不点儿，和小娃娃打交道就是这样的。

时间流逝，小不点儿沃日谢克长成了一只拥有闪亮牙齿的狗狗。然而，与其他狗不同的是，它从来不叫。它会发出“呜呜呜”和“嘶嘶嘶”的声音，可就是从来不会“汪汪汪”。奶奶很纳闷：“为什么我们的狗从来不叫？”她想了又想，向爷爷寻求答案，但爷爷也不懂，拿这个问题问舒立特，舒立特想啊想，想得脑子都晕了。后来，他去村庄里的小饭馆吃了一顿午饭，出门前却怎么也算不清楚该付多少钱。

老板奇怪地看着他：“你到底是怎么了？难道你妈妈没教你算数吗？”

哎呀，舒立特一下子想明白了为什么，他一溜烟儿地跑回家，差点儿把付账都忘掉了。他刚进门就大喊，“主人呀，我知道为什么沃日谢克不会叫了，因为它妈妈没有教它！”

“它连妈妈都没见过，要怎么教！”爷爷说，“但你说的的确有道理，菲尔达和让卡不会教它汪汪汪，周围又没有养狗的人家，我得想想办法。舒立特，你要不要教教它？”

舒立特去了马房，准备教沃日谢克汪汪叫。舒立特说：“好小狗，来跟着我，呜呜呜！先这么叫，喉咙里试着发音，然后嘴巴噘起来，汪汪！汪汪汪！呜呜呜，汪汪汪！”

沃日谢克虽然不明白这是什么意思，但听得很仔细，且越听越觉得熟悉，好像它天生就该这么叫。它听着听着就跟着叫了起来，起初叫得还有些生硬，但它的叫声逐渐变得流畅起来。它这样汪汪汪地叫，舒立特也这样汪汪汪地叫，菲尔达和让卡一脸古怪地看着这一人一狗，觉得老车夫好像不是他们尊敬的那个不苟言笑的老车夫了。

沃日谢克从此学会了汪汪叫，每次坐上大车，就会立刻开始指挥，汪汪汪，这边走，汪汪汪，那边行。它从早叫到晚，恨不得一刻都不停。

除了出门赶车，沃日谢克还很关心家里的每一个细节，比如磨坊是不是平安，院子是不是无事，母鸡们是不是安安分分地待在鸡舍里。当爷爷白天在村庄里收购小麦、扁豆还有罂粟籽时，沃日谢克就一直跟着他，到了晚上，再将他引回家，确保他不会迷路。

可是在某一天，爷爷去兹里奇卡买麦子。那里有家小饭馆，做的饭菜香极了，厨房里的香气往外飘。什么东西那么香？沃日谢克顺着香味跑过去，原来是饭馆老板在吃饭，桌上放了一盘自己家做的香肠。沃日谢克蹲在下面等，想看看会不会有一块香肠掉下来。它在这边等，爷爷在那边和邻居一边聊天，一边把麦子装上车。麦子装完后，爷爷和邻居一起回家了，忘记了沃日谢克还在那里，而沃日谢克也忘记了爷爷，它还在等香肠呢！

饭馆老板吃完饭后，将剩下的香肠皮给了自家的小猫。沃日谢克心灰意冷，才想起来跟着主人走，可是主人在哪里？

“沃日谢克，你的主人回家啦。”老板对它说。

沃日谢克撒开腿，朝着家的方向跑。它刚开始顺着大路跑，后来觉得这样不够快，它心想：“还是穿过山岗和树林比较好，我是一只勇敢的小狗。”

太阳落山，夜色降临，它飞快地在林间穿梭，无所畏惧，就是肚子空空的。

月亮升上夜空，那么圆，那么亮。它挂在夜空中，将银光洒向林地，周围传来了轻柔的声响，仿佛有竖琴在轻轻弹奏。沃日谢克的心扑扑地跳，向着声音的来源跑了过去，它跑啊跑，跑到树林深处。那里有片洒满银光的草地，草地上有许多白色的、透明的、漂亮的、闪着银光的狗在跳舞。它们是狗精灵，它们互相追逐，互相嬉闹，可是它们的动作很轻柔，连一根小草都不会压倒。沃日谢克想，若它们会挠自己的痒痒，或是捉捉跳蚤，那就不是精灵，而只是普通的小狗了。可是它们没有一只挠痒痒，真的都是小狗精灵……它们围在一起，对着高升的明月叫了起来，它们的声音很柔和很优美，像唱歌一样。沃日谢克哪里听过这样美妙的声音？它感动得都要哭了，但又不敢出声，怕惊扰到这美丽的景致，只好悄悄地躲起来。

这些狗精灵在对着月亮唱过歌之后，围着一只模样十分苍老的狗精灵趴了下来，那大概是狗精灵中的巫师吧。狗精灵们央求它讲个故事，于是它想了想，开始讲了起来。

“曾经，所有的动物都在天堂里快乐地生活着，它们会幸福而富足地生活一辈子，然后安逸地死去，只有狗不满这样的生活。上帝问它为什么不满？狗说：‘上帝您看，其他动物活得都很快乐，但我们是有智慧的，我们可以用鼻子来分辨世间万物的地位高低。我们晓得您的地位比我们高，我们不能嗅您，这让我们感到不满足和忧伤，如果能嗅到上帝，我们就满足了。’上帝笑着说：‘好吧，那你们给我叼些骨头来，我来创造一个让你们可以嗅的上帝。’小狗们四处寻找，叼来了各种骨头，有狮子的、有骆驼的、有猫的，也有马的，但没有狗的，因为狗不会叼狗骨头。于是上帝用这些骨头做出了人，让他成为小狗的上帝，狗也可以嗅他。也因此，人类有狮子一般的力量、骆驼一般的耐力、猫儿的心计、马儿的庄重，但是没有狗的忠诚。”

“这真是太精彩了。”狗精灵们纷纷说，“请您再讲一个吧。”

“那就再讲一个狗是怎么上天的故事吧。”老狗精灵说，“你们知道吗？人死了之后，灵魂会升上夜空变成星星，可狗不行，只能长眠地下。但是后来有一天，人类把耶稣基督绑在了柱子上鞭打他，基督的血落在地面，有只狗舔了基督的血，这一幕被上帝知晓了，于是下定决心将它的灵魂接到天上去。可是星星都是人类的，狗的灵魂要怎么安置呢？于是上帝创造了一种新的星星，它是专门用来接收狗的灵魂的，所以上帝特地在这个星星上加了一条尾巴，在夜空中自由自在地奔跑，就像狗在地上自由自在地奔跑一样，那就是彗星。”

“我们听不够呀。”狗精灵们纷纷说道，“您再讲一个吧。”

于是老狗精灵讲了第三个故事：“很早很早以前，狗在大地上也有自己的王国和城堡，人类十分羡慕和嫉妒，就用法术让狗王国陷落进地底……狗王国里藏着的无数宝藏也被埋了进去。”

“什么样的宝藏？”狗精灵们连忙问道。

“那是一个富足得让你难以想象的大厅。香喷喷、金灿灿的，柱子是用肥嘟嘟的鹅腿做的，上面的肉一撕就下来；地毯是用肥肉香肠做的，油光闪闪；台阶是用精瘦肉做的，紧实又鲜美；王座可了不得，那是用熏制好的上等火腿做的！”

天啊！沃日谢克听到这里再也忍不住了，它跑了出来，汪汪大叫：“宝藏在哪里！宝藏在哪里！”

它一跑出来，那些狗精灵就瞬间不见了。草地依旧银光闪闪，没有一棵小草被压倒，露珠在草叶上滚动，一切都静悄悄的。

沃日谢克此时终于想起它要尽快回家这件事，家里虽然没有火腿王座，但有准备好的面包和浓汤。于是它撒开腿，拼命地往家跑。可是它怎么也忘不了刚刚那一幕。在那之后，每当它在林子里散步时，总要时不时地刨一刨地，寻找那个梦幻的宝藏。其他的狗见了，就问它为什么这样做。沃日谢克是个守不住秘密的小狗，它把那晚上听来的故事讲给它们听，这一下可不得了，其他小狗听完又讲给别的小狗听，现在全世界的小狗在田野上奔跑时，都会时不时地停下来刨一刨地，看看找不找得到那个金灿灿、香喷喷的火腿王座！

流浪汉的童话

从前有个可怜的穷苦人，说来也好笑，他的名字叫弗朗蒂谢克·国王。当然没人这么喊他，大家平日里都叫他：流浪汉、懒鬼、臭要饭的、无业游民，只有当他无家可归，被警察拉进警察局里的时候，登记表上才会写下“弗朗蒂谢克·国王”这个名字。若是他能靠挨骂得到一些钱，那他现在的生活该是相当富足了。他身无分文，只能靠别人对他的施舍过日子。

所以说，只看名字是看不出这人生活得如何的，尽管他叫弗朗蒂谢克·国王，但他只不过会“胃肠奏鸣曲”这一门手艺。胃肠奏鸣曲是怎么演奏的？这不是很简单吗，若是某个人早饭不吃，午饭不吃，晚饭也不吃，他的胃肠自然就要开始奏鸣了，这就是胃肠奏鸣曲。

弗朗蒂谢克·国王就这么天天奏响胃肠奏鸣曲，说实话，就那个熟练程度，说他是个音乐家也不为过。他每天都饥肠辘辘的，如果有人丢给他一块烤坏了的面包，他会连忙吃下去；有人丢给他几句咒骂，他也照样吞下去。每天就这样风餐露宿，睡觉时也只能求星星替他看着点儿，别让那手欠的人连他最后一顶破帽子也偷了去。

这样的人自然也能从生活中积累经验，他知道什么人能给他饭吃，什么人见了他只会咒骂；他知道什么样的狗最恶，见他时的那副模样比巡捕还要凶；他也知道有只狗见到流浪汉会高兴地摇尾巴，那是童话里的小狗，在一座童话的城堡里当差。小狗会慷慨地请流浪汉去主人的厨房里吃一顿，那态度比见到尊贵的老爷们还要好，那只小狗见到什么爵爷、主教，是一定不肯露出好脸色的，它也是有怪脾气的，和人一样。

狗为什么会摇尾巴？这是另一个问题了。据说上帝创造世界后就开始一样样地观察他的造物，看它们过得好不好，还有什么要求。他去看了看世界上第一只狗，问它还需要些什么东西，小狗本来想摇头，可是它那时溜号了，只记得摇尾巴，于是从那以后，狗就只会摇尾巴了，就像小猪在听到上帝的问话时只会用鼻子拱地一样。

不过，现在咱们要讲回那个弗朗蒂谢克·国王。他走遍了整个世界，去了许多地方，他甚至还在我爷爷的磨坊干过活儿，可他的命运似乎注定了他只能是个流浪汉。所以不久后，他就又出发了，没什么原因，就是得天南海北地四处流浪，安定不下来。

大家称他为流浪汉，或者是臭要饭的，但有些人称他为小偷、强盗、混混，这就不对了。弗朗蒂谢克·国王是个正派的人，他从来不偷东西，更不会抢夺别人的东西，他品行端正，我要好好给你们讲一讲这件事。

某一天，这个流浪汉饥肠辘辘地站在博德梅斯结契卡的十字路口，思考着是去那家面包房讨个小面包比较好，还是去另一家餐厅讨个羊角面包更有把握。正在这时，他身边走过一位衣冠楚楚、拎着手提箱、戴着礼帽的先生，一阵风吹来，礼帽从先生的头顶滚了下去。

“朋友，请帮我拿一下。”这位先生叫道，然后他随手把手提箱递给了流浪汉，自己跑去捡帽子。那帽子被风吹着滚啊滚，那个先生追着跑啊跑，一会儿就看不见了。

可怜的流浪汉站在那里拎着手提箱，走也不敢走，动也不敢动，他等了一个小时、两个小时、三个小时，等得肚子咕咕响，等得太阳都下了山。全城的人都回家吃了晚饭，香甜地进入了梦乡，他还在那里站着不敢动。他冻得浑身发抖，只希望满天星星能帮他找到那个先生，好让他交还手提箱。

等到了半夜十二点，突然有个声音响起：

“您在这儿做什么？！”

“我在等人。”

“手里拿的是什么？”

“是手提箱，有位先生交给我的手提箱。”他说道，“我得在这里等着，等他回来。”

“那他人呢？”

“追帽子去了。”

“真是胡说八道！”那个很凶的声音说道，“跟我走一趟！”

“我怎么能走开？”流浪汉说，“我得等他回来。”

“闭嘴吧！老实点儿跟我走一趟！”

流浪汉明白了，警察伯乌拉误会他了。抗议是没有用的，他只好乖乖地跟着警察去了警察局，进了看守所，警察在笔记本上写上了他的名字，拿走了手提箱。

第二天法官上班了，流浪汉被带去见了法官。法官是舒尔茨先生，他也是流浪汉的老熟人了。

“你这流浪汉，你这好吃懒做的无业游民，”法官见到他就毫不客气地说，“你又来了？因为你无家可归，我们上次已经关了你一天，到现在还不到一个月，你就又来了！天啊！你又因为在街头游荡被抓来了？”

“不，法官先生，不是的，”流浪汉说道，“这次伯乌拉先生把我带来不是因为我在街上游荡，而是因为我站着不动。”

“什么意思？”法官有些不明白，“那你为什么站着不动？哦，我看到报告上说，当时你手上拎着一个手提箱？”

“是的，一个不认识的游客把手提箱交给我，让我替他保管。”

“胡说八道！”法官说道，“你们这种人凡是偷盗了钱，总会说是不认识的人交给你们的。我可不会被这种小把戏蒙蔽，我问你，手提箱里面都有些什么东西？”

“我不知道，我要是说谎，就让我当场死掉。”流浪汉发誓。

“哼，我现在来看看。”法官打开手提箱，手提箱里装满了现金，他数了又数，竟然有一百三十六万七千五百五十五元，还有一把牙刷。

“我的天啊，你怎么偷了这么多钱！”法官惊叫道。

“这是一位不认识的先生交给我的。”弗朗蒂谢克·国王说，“他去追帽子，所以把手提箱交给了我。”

“我疯了才会信这样的话！”法官咆哮道，“会有人把这样一笔巨款，交给你这么个衣衫褴褛的流浪汉？！你去看守所里忏悔吧！现在我要去找到这个被你偷盗的可怜人。”

可怜的弗朗蒂谢克·国王被关进了看守所。他现在倒是有吃有喝了，但他失去了自由，只能在里面等待。就这样从冬天等到春天，法官还是没有找到那个失主，这让法官以及警察局里的先生们起了疑心，这样一笔巨款是会让坏人失去理智的，是不是弗朗蒂谢克·国王和那些流浪汉一起把一个无辜的人杀死，抢夺了这笔财产呢？就这样过了一年零一天，弗朗蒂谢克·国王又一次成了被告，这次的罪名更严重了，法官认为他见财起意，杀害了一个无辜的、不知名的人。

这可是了不得的重罪，是要被判绞刑的。法官这样对流浪汉说：“你最好还是招了吧，你到底在哪里杀了被害人，又在哪里毁尸灭迹？还有哪些同伙？你全部都交代出来吧！”

“我从来没有做过这些！”流浪汉辩解道，“我只是站在那里，他走过来让我拿着手提箱，方便他去追帽子！”

法官失去了耐心，叹了一口气：“你这样顽固，这样凶狠，我只好判你绞刑了，你去和上帝忏悔吧！”法官正要签发死刑令，突然，法庭的门被撞开，一个满身都是灰土、十分狼狈的人冲了进来，他上气不接下气地开了口：

“可算找到了！”

“您找到了什么？”法官狐疑地问。

“找到我的礼帽了啊！”这个人开始诉苦，“我的天啊，一年前我在路上走，一阵风过来，我的礼帽就飞了！我随手把手提箱交给了一个什么人，然后开始追那个礼帽，它顺着桥跑，我顺着桥追，从这座城追到那座城，从这个省追到那个省。它跑出了国境线，我差点儿追出国境线，可是关口人员拦住我，我只好跟他解释，然后又填写了文件。等我什么都弄完了之后，帽子也不见了。我只好住了一宿，第二天继续去追……”

“您等等。”法官说，“这里是法庭，不是听您抱怨的地方。”

“那我就说得简短点儿，”陌生人说，“总之我那个礼帽坐火车去了斯威德尼克，在客栈里住了一晚，差点儿跟一个克拉科夫的寡妇结婚，然后又坐上了头等车去了华沙，还准备冒充个外交官！”

“竟然是个浪荡鬼！”法官惊叫道。

“没错，我只好给华沙市警察局打了电话，要他们逮住它。可它又买了件皮草，去了远东。它穿过整个西伯利亚，我也跟着追过西伯利亚，它在伊尔库茨克跟我玩失踪，我穿过亚洲大陆、直到海边才捉到它。我何苦这样追它呢，都是因为它的帽带里有一张回程票，我为了这张回程票真是历经千难万险啊。我好不容易捉住它，可一不留神，它又跑了。于是我又从东亚追到中亚，从塔什干追到奥伦堡，一路从哈尔科夫追到匈牙利，又重新回到这里，您看看，五分钟前它溜进小饭馆，要不是我一把捉住了它，它还准备吃顿美餐呢！”

这顶圆礼帽已经又破又旧了，不过大家都十分佩服这个浪荡公子。

“现在我可算是拿回我的回程票了。”这个人从圆礼帽下面抽出了他的票，得意扬扬地向大家展示，“我不用再重新买票了。”

“可是，”法官说，“您的票只在三天内有效，现在已经过了一年啊。先生，它作废了。”

“那怎么办呢？”那个人想了一会儿，“这可真麻烦，只有再买一张票了，可是我口袋里没有钱。等一等，我是有钱的，我追帽子的时候把手提箱给了一个路边的人，我的手提箱里有不少钱呢。”

“有多少钱？”法官问道。

“一百三十六万七千五百五十五元，还有一把牙刷。”

“天啊，您没记错！”法官说道，“您的手提箱、牙刷、钱都在这里。那边那个罪犯，就是您交予了手提箱的人，弗朗蒂谢克·国王，我们正要因为他抢劫并杀害您而判他绞刑。”

“绞刑？这可太可怕了，这都是子虚乌有的事儿！”他嚷道，“不过您逮捕了他？这也不错，否则这么久了，钱会被他花掉的！”

于是，法官站起身，庄重地宣判。

“法庭已经查清，弗朗蒂谢克·国王没有偷骗，没有抢劫，也没有拿走不属于他的一元、一角、一分钱，尽管他贫穷又饥饿，他本可以拿出一元钱来买个面包果腹。法庭现在声明，弗朗蒂谢克·国王是一位正直而高尚的人，他守在原地近一整个昼夜，等待将手提箱交还原主。综上所述，我宣判他无罪，恢复他一切自由权利。”

“很好，很好。”游客说道，“现在请这位诚实的先生讲点儿什么吧。”

“可是讲什么呢？”流浪汉说道，“我从来没有拿过别人的东西，哪怕是滚落在地上的一个苹果，我一直都是这样的。”

“那么，”一个不认识的人说道，“在流浪汉中你也算得上是个白乌鸦了。”

“没错。”警察伯乌拉也附和道，他之前一直没说话。

弗朗蒂谢克·国王又一次恢复了自由，不仅如此，他还获得了一笔赏金。他可以买房子，买家具，可以随心所欲地买香肠回来煎着吃。不过他是个天生的流浪汉，那笔钱在他破了洞的口袋里稀里哗啦地掉光了，他又成了流浪汉，饥肠辘辘地四处游荡。

夜里，他钻进了一个废弃的草棚，香甜地睡到天亮。早晨醒来时，他看到四周阳光照耀，满地露水，栅栏上站着一只白色的乌鸦。他可从来没见过这样的乌鸦，眼睛红得像宝石，羽毛白得像雪，爪子鲜嫩粉红，看到弗朗蒂谢克·国王在看它，乌鸦便张嘴讲起了话：

“你不是想用石头丢我吧？”

“不，”弗朗蒂谢克·国王有些纳闷，“你是只乌鸦，怎么会说话？”

“有什么奇怪的，”白乌鸦说，“黑乌鸦才不会说话，我们白乌鸦想说什么就说什么。”

“我不信，”弗朗蒂谢克·国王说，“那你说，‘水果’。”

“水果。”

“那你说，‘王国’。”

“王国，怎么了？”白乌鸦说，“我们可比你想的聪明多了。乌鸦只能数到五，我们能数到七，一二三四五六七，怎么样？你能吗？”

“我？我当然能了。”流浪汉说，“我还能说，七八九个不嫌多，随便凑凑来个十。”

“了不起！”白乌鸦说，“你也不是凡鸟啊，当然，我们也不是，你见过教堂里那种大鸟吗？长着白翅膀，人嘴巴的。”

“你说的是天使吧？”

“差不多，反正你知道吧，那就是白乌鸦，只不过很少有人见过。朋友，你要知道，白乌鸦是很少见的。”

“嗯，我也是白乌鸦。”弗朗蒂谢克·国王说。

“我可没看出来，”它上下打量道，“你又不白，怎么是白乌鸦？”

“可是昨天法官在法庭上就这么说的，他说我是白乌鸦，还有一位先生，还有警察伯乌拉，他们都这么说。”

“真的？”白乌鸦半信半疑地说，“你叫什么名字？”

“弗朗蒂谢克·国王。”他说。

“国王？你是在吹牛吧？”白乌鸦扇了扇翅膀，“你穿得破破烂烂，会是国王？”

“我没必要骗你啊。”弗朗蒂谢克·国王说，“我就是国王。”

“你是哪里的国王？”

“我在哪里都是国王，在这里，在那里，在斯卡利策，在特鲁特诺夫，我都是国王。”

“在英国呢？”

“在英国也是。”

“法国呢？”

“法国也是。”

“那不可能，你在哪里都是国王？”白乌鸦说，“你发誓。”

“我发誓，”他说，“要是我撒谎，那就让我看不见。”

“撒谎就死掉？”

“撒谎就死掉。”弗朗蒂谢克·国王说，“我在哪里都是国王。”

“那你在白乌鸦中也是国王吗？”它问。

“在白乌鸦当中，我也是弗朗蒂谢克·国王。”

“好，我们正好要在克拉克尔克选一位乌鸦国王。”白乌鸦说，“要知道，乌鸦国王一直都是我们白乌鸦当的，你既然是白乌鸦，又是一位天赐的国王，那我们就选你来做我们的国王吧。你等一等，我先去参加竞选。”

“好。”弗朗蒂谢克·国王说。

白乌鸦展开翅膀飞走了，弗朗蒂谢克留在原地等着它。他等啊等，等得肚子饿极了，也没见那只白乌鸦回来。于是他决定去格罗诺夫，在那里，他能要到刚出炉的香喷喷、软绵绵的面包。

乌鸦们花了大量时间在吵架、商量和讨论上，它们说得口干舌燥，直到累得受不了。最后，它们一致确定，弗朗蒂谢克·国王就是乌鸦的国王。可是等到那只白乌鸦回来，它发现它的国王已经走远了。

乌鸦们没有了国王，只好纷纷去寻找，它们要找到弗朗蒂谢克·国王，把他带回来，给他戴上克拉克尔克森林里那顶乌鸦王国的王冠。

从此，乌鸦们开始满世界寻找国王，可是它们不像白乌鸦能发出准确的音调，即使再努力，最后嚷出来也是一片“呱！呱呱呱——！哇——！哇哇——！”

直到今天，它们依然会在田野上，森林里发出“呱！呱呱呱——！哇——！哇哇——！”的声音，那是它们想起自己的国王了。

强盗的童话

这是很早以前的故事了，就是那种连村子里最老的老人都记不起来的故事。据说在很久以前，布伦德山中有个坏家伙名叫特洛蓝多，是个占山为王、杀人不眨眼的魔头。他手下有二十几个副手，三十几个骗子，五十几个小偷，两百多个走私、窝赃、销赃的小喽啰。特洛蓝多在多条商路上设下埋伏，只要有人运货，他们就一拥而上，把过路人洗劫一空。倒霉的商人遇到了特洛蓝多，不被他吊死在树上就谢天谢地了，还敢说什么呢？他就是一个十恶不赦的坏蛋。

曾经有个商人骑着马走在路上，他嘴里唱着小曲，心里盘算着这些货物运到地方能卖个好价钱，要给妻子换一匹布，给女儿买一包糖。可是当他穿过森林时，突然想起了那个有关强盗的传闻，他本想唱首歌来给自己壮壮胆，可是面前突然就出现了一个小山一样的壮汉。这个壮汉的肩膀比橡树还要宽，长着络腮胡子，粗声粗气地用手枪拦住商人："要钱还是要命？"不用说，商人只能将财产双手奉上，钱包

也好，马匹也好，货物或者马车也好，通通归了强盗。他只求能少挨几鞭，能跑回家就好，不敢奢求其他的事情了。特洛蓝多这样的人真是上绞刑架也不冤。

由于特洛蓝多在这里一家独大，久而久之他变得十分富有。但这个老强盗只有一个儿子，因此他不禁想：尽管自己是个强盗，但可以将儿子培养得比伯爵还要优雅啊。他有钱，可以让儿子接受最好的教育。他的儿子不仅要学德语和法语，还要学弹琴，学跳舞，学如何优雅地使用餐具，学怎样做才能让自己看起来彬彬有礼、大方从容。

老强盗说到做到，他带着小特洛蓝多去了布罗乌莫夫，把孩子送到了修道院门口，然后踢着马刺，十分神气地走到修道院院长面前，丢下一袋金子：

“神父，我把孩子交给你了，你要教会他如何像个体面人一样吃喝坐卧，还要教会他德语和法语，教他弹琴，教他跳舞，总之把他当成一个骑士去教导就行了，收下这袋金子，让他在这里生活得像个王子。”

强盗说完，就将孩子留在了修道院，自己回去干他的老本行了。这个孩子在修道院里跟王子、伯爵，贵族的公子哥儿们一起接受教育。

修道院里的神父们并没有因为小特洛蓝多是强盗的儿子就对他心存偏见，而是耐心地教导他。胖神父教他怎么说德语，多米尼克神父教他如何说法语，阿梅德伊神父教他如何跳优雅的小步舞和在跳小步舞前如何向对方鞠躬行礼。在这里，小特洛蓝多第一次知道，即使是擤鼻涕这样的小事都是有讲究的。神父们告诉小特洛蓝多，擤鼻涕最重要的是声音，如果擤鼻涕的声音听起来像是汽车喇叭的鸣笛声，或者是像小号被吹响时的声音，那就是不合格、不优雅的。要尽量使自己擤鼻涕的声音听起来像是长笛被吹响时的声音。

小特洛蓝多在这里认真学习了如何成为一个年轻骑士的所有知识。当他穿上天鹅绒礼服时，没人会相信能做出如此优美姿态的人会是强盗的儿子，他自己也沉迷于此，完全忘记了自己是在强盗中出生、在山洞里吃生肉长大的。

总而言之，长大后的小特洛蓝多成了个仪态翩翩的公子哥儿。他在修道院里进修的某一天，大门外突然响起了急促的马蹄声，原来老特洛蓝多已经时日无多，要将儿子叫回去继承他的遗产。小特洛蓝多同修道院里的神父们和其他的贵族公子哥儿礼貌地道了别，心想不知道回去之后能继承一份怎么样的遗产。他想，等他继承了父亲的财产之后，他会继续体面地过日子。

他跟着头发乱蓬蓬、声音粗鲁的跟班文采克回了布伦德山，老特洛蓝多睡在山洞里，身上盖着牛皮，他听到脚步声，费力地问道："你终于把我儿子带回来了？"

小特洛蓝多上前一步，跪在父亲的床前，温柔地说道："上帝保佑您，我的父亲，保佑您将会……"

"好了，别鬼扯了。"老强盗说道，"我原本想给你攒一大笔钱，让你不必再干这行。可世道变了，那些坏蛋戒备我，商人们不再从咱们的地盘过了。孩子，你得自己想办法了。"

"我的父亲，"小特洛蓝多低声发誓，"我会想办法的，我发誓会将您的事业继承下去，绝不让它荒废在我的手里，我会彬彬有礼地待人……”

“我不知道你彬彬有礼有什么用，”老强盗嘀咕道，“我们这行从来不讲礼数，孩子，谁反抗就干掉谁，否则你可干不下去。”

“您这行是哪一行？”

“强盗。”老强盗最后答了一句，然后就断气了。好了，现在小特洛蓝多不仅要面对死去的父亲，还要遵守他继承强盗事业的誓言。

几天之后，他的副手文采克来找他了，大伙儿不能一直在山上闲着了，他们得出去干一票，好填饱肚子。

“可是我们真要这么做吗？”小特洛蓝多可怜巴巴地问道，“我们真得出去抢劫吗？”

“不然呢？”文采克粗鲁地说，“我们又不是修士，就算我们赞美上帝，天上也不会掉馅饼的！”

小特洛蓝多只好带着手枪，骑着马上路了。他在路边埋伏好，等着商人路过，他的运气还不错，还没等一个小时，就有商人过来了。小特洛蓝多跳了出来，先行了个礼，商人看到这样一个年轻英俊的先生彬彬有礼地向他问好，虽然心里奇怪，但也回应了他：“我有什么能为您效劳的？”

“对不起，”小特洛蓝多轻声细语地说，“我是个强盗，布伦德的魔王，特洛蓝多。”

商人十分精明狡猾，于是也装模作样地说道：“那我们是同行，我也是强盗，我是科斯捷列茨的嗜血魔王切佩尔卡，您有没有听说过我的名头？”

“确实未曾耳闻，”小特洛蓝多十分不好意思地说，“同行先生，我这是第一次涉足这一行当。”

“是继承了老特洛蓝多的手艺，我看出来了。”商人说道，“这是门好行当，历史悠久，值得你好好做下去。但是你知道吗，特洛蓝多先生，我和您父亲曾经约定好，我们既然是同行，就要划个地盘，互不干涉，这条从科斯捷列茨到特鲁诺富的路是我的，这是我们早就约定好的，您明白吗？”

“啊啊，我不知道，原来这是您的地界，很抱歉，我竟然跑到您的地盘上来了。”小特洛蓝多恭敬地向他道了歉。

狡猾的切佩尔卡摆了摆手，故作大度：“孩子，这算不了什么，我和你父亲都是宽容的人。我们约定好了，若是对方越过了这条线，我们都不会生气，只要收缴了对方的手枪、帽子、衣服就好，让他长长记性，学着做个规矩的强盗。”

“是的，是的。”小特洛蓝多说道，“请把我的手枪，我的贝雷帽，还有我这件天鹅绒衣服拿走吧，这都是您的了，并且请带走我的歉意，尊敬的先生。”

切佩尔卡就这样拿走了这位强盗的手枪、帽子、衣服，并且宽宏大量地饶恕了他。可想而知，小特洛蓝多两手空空，头上空荡荡地回到布伦德山上是个怎么样的景象。文采克狠狠地骂了他一顿，告诉他一定要见人就抢，反抗就杀。

第二天，小特洛蓝多又出门了，他这次去了兹贝奇尼克，路上又见到了一辆马车，他立刻拔出自己的细剑，大嚷起来：“停车！停车！先生！我是强盗，你要祈祷就赶快祈祷吧！”

赶车的人吓得牙齿都在打战，他一边不停地祈祷，一边想该如何脱身。

小特洛蓝多问道：“怎么样，先生，你祈祷结束了吗？”

“不，不，有一个问题。”赶车的人冷静下来，开始编织谎言，“我是个罪孽深重的人，这么多年都没进过教堂、没做过祷告。我待人不礼貌，还喜爱赌博，我若是现在被您杀了，我会下地狱的。强盗先生，您让我去波利策的教堂忏悔吧，求求您。”

小特洛蓝多考虑了一下，最终同意了：“那您去吧，我在您的马车旁等您。”

“可是强盗先生，我的腿跑不了那么快，您让我骑马去吧！”

最后这个车夫骑着马一溜烟儿地跑了，留小特洛蓝多等在原地。可是车夫怎么可能去波利策的教堂呢？他跑去酒馆，喝了些酒壮胆，然后带了几个强壮的伙计回到原地，把小特洛蓝多痛打了一顿，还抢了他的马，将他丢回了山里。于是，这位强盗不仅没抢到任何东西，还将自己的马也丢了。

第三天，小特洛蓝多又出门了。这次，他看到一辆满载着食品的马车，他拔出剑来大叫：“我是强盗，留下买路财！”

商人停了车，对后面说道：“你听到了吗？有强盗来了。”

车里冲出了一个又高又壮的老太太，她叉着腰，大声地痛骂起来：

“你这条野狗，你这土匪，你这杀人不眨眼的坏蛋，你这不要脸的垃圾！你怎么敢！竟然抢起我这么正派的人了？”

“对不住，对不住。”小特洛蓝多低声下气地说，“我没想到车上竟然有女士……”

“当然有女士，而且还是一位高贵体面的女士！”老太太毫不留情地继续骂道，“你这下流玩意儿！你这吸血鬼，你这蠢蛋，你这畜生！”

这位老太太骂得太厉害了，小特洛蓝多完全受不住，他只能低声下气地道歉。最后，他逃到一棵大树后面躲了起来，老太太依然在不停地咒骂，什么该被马车撞死，什么嗓子里长疖子脚下生脓疮，到后来连小特洛蓝多的祖宗十八代都一起骂了！

在那之后，小特洛蓝多每一次抢劫都不成功。他去抢一辆金色的马车，车里坐着一位美丽的公主，他对公主一见倾心，于是只是礼貌地向她要了一条手帕。那条手帕上洒着香水，绣工精细，的确是公子哥儿心爱的东西，可是它填不饱强盗们的肚子。他又去抢一个卖肉的屠夫，可是那个屠夫哭着说自己有十二个孤儿要抚养，十二个孤儿每天要吃一桶面包，他没赚到钱，孩子们就要饿肚子。他讲得那样诚恳，小特洛蓝多感动得都流泪了，还从腰包里掏出十二枚金币送给他。其实那个卖肉的屠夫不但没有孩子，家里连只猫都没有，就是个大骗子。

小特洛蓝多每次出门抢劫都下不去手，只有别人骗他的份儿，从来抢不到任何东西。长此以往，那些跟随他的强盗只好作鸟兽散，去找新的营生。文采克去磨坊做了个工人，只剩下小特洛蓝多自己在山洞里住着，又苦又饿，不知道怎么办才好。

小特洛蓝多走投无路之下，只好回去找他敬爱的修道院院长。一见到院长，他便跪了下来，哭着询问自己该怎么办。他是个体面人，接受过良好教育，他不该在对方不同意的情况下就杀人抢劫，可是他又对父亲发过誓要当强盗，这可如何是好呢？

修道院院长也没遇到过这样的难题，他抽了整整十二根烟后才想出了一个办法："好孩子，你是一个正派人，你心地善良，做事光明磊落，这是对的。你做不了强盗，第一这有罪，第二你的性格也不适合做这种事，但你不想违背在父亲床前立下的誓言，我也明白，我来帮你一把吧。我帮你写一封介绍信，为你找一份需要拦住过路人讨要钱财的工作。虽然你要拦住他们收取费用，但是你的动机是正当的，是在为国家收税。你只要每天去关卡或者道口坐着，有人路过你就拦下他们，收两个铜币的过路费，这样一来，你既没有违反对父亲许下的誓言，又能得到一份正派工作，怎么样？"

于是，院长给一位区长写了信，请求他给小特洛蓝多安排一个收税员的职位，小特洛蓝多拿了信去见那位区长，果然获得了这份工作。这位彬彬有礼的好人强盗现在成了收税员，他拦住每一辆马车，并向他们收取两个铜币作为税款。

许多年后，这位修道院院长要去乌皮策见一位神父。他对这趟旅行非常期待，他既可以去见那位神父，又可以在路上见到他很赏识的小特洛蓝多，那可是个心地善良的孩子，他现在生活得怎么样了？修道院院长这样想着。到了关卡时，一个身材壮硕的大胡子拦住了他，态度凶恶地向他收取过路费。

院长从口袋里拿钱，他年龄大了，身材又胖，从口袋里掏钱不太方便，速度就慢了点儿。

“快点儿！你这老东西！”壮汉骂道，“你要老子等多久啊？”

“先生，我没有铜币，”他在钱包里翻来翻去，“我只有银币，您能找给我吗？”

“连铜币也不带，你这该死的老东西出门干吗？给我找麻烦来了吗？”壮汉咆哮道，“快拿出铜币，要么原路滚回去！”

“特洛蓝多，特洛蓝多，”修道院院长责备道，“你认不出我了？你的风度和礼貌去哪儿了啊？”

壮汉愣了一会儿，才终于认出了修道院院长，他说道：“原来是院长您啊，我这样没礼貌，您别见怪。您看看那些收税人，桥头关卡收过路费的人，还有法院执行法务的小吏，不都是我这样的？您见过哪个有礼貌了？”

“你这么说还真是没错。”院长说道，“我是没见过这种人有礼貌过。”

“那不就得了。”小特洛蓝多态度粗鲁地说，“走吧，真是见了鬼了。”

这个故事到这里就结束了，小特洛蓝多现在应该已经不在人世了，但他的后代你们应当见到过，从他们张口骂人的样子中你应该可以将他们认出来。

丢失的资料

凌晨三点的时候，某地驻防中心的电话响了，原来是一位尊贵的上校丢了份重要文件。情报部门的扎尔佛中校急急忙忙地穿上衣服，打着哈欠钻进汽车，一溜烟地跑到了上校家。抵达时，扎尔佛见上校还穿着睡袍，头发乱蓬蓬的，神情也十分焦急。一见到他，便如同见了救星。

“事情是这样的，我这里有份文件，是总参谋长交给我的，你明白这份文件的重要性吧？”上校说道，“这份文件我要在家里秘密研究，绝不可声张。我是十分谨慎的人，可是我房间里没有保险柜，也没有带锁的抽屉，所以我把它塞到我的床垫下，垫着它睡觉。第二天早起一看，它皱得就像是被大象踩过了似的！”

“嗯嗯，”中校一本正经地听着，时不时附和一声，“是这样的，然后您怎么办啦？”

“然后？我想我不能这样啊，我得想办法，我妻子也帮我想办法，她想的办法比我的还大胆！她说，我可以把文件放进通心粉罐子里，然后把那个罐子放在食物储藏室里，晚上把储藏室的柜子锁好，钥匙收回来就行。我家的女仆又懒又笨，总是打瞌睡，从来不会检查食物储藏室，这简直是个完美的计划。”

“好。”中校听到这里问道，“您家食物储藏室的窗户是单扇还是双扇的？”

上校一愣，然后立刻咆哮起来，“单扇！可是我从来没在意过这个问题，真见鬼！”他咆哮完又接着说，“半夜两点的时候，我家女仆扯着嗓子在楼下喊，说食物储藏室被人偷了！我妻子一边拿钥匙一边招呼我，我拎着手枪冲进去了。天啊，那窗户被撬开了，装着文件的罐子不见了，贼也不见了！我的天啊！”

上校撕扯着自己的头发，而中校则无奈地耸了耸肩：“有谁知道这份文件在您手里？”

“我不知道，那些整天刺探别人机密的情报人员？他们一个个看起来都獐头鼠目……”上校突然意识到面前的这位中校也是个情报人员，立刻改口，“我是说，他们一个个看起来都特别机灵，但是，我可从来没把这件事告诉过任何人，我的嘴巴可是很严的。”

“嗯嗯，”中校又问道，“您把文件装进铁罐的时候，你站在哪里、怎么装的？”

上校思索了一番，回答说：“我就在这儿。我坐在这儿，罐子在桌上，我就这么装进去的。”

此时，天已破晓。中校站在窗边，注视着晨曦下的城市，透过雾气，他能看到远处那座灰红色相间的小楼。

“那里住着什么人？”

“啊哈！您提醒了我！”上校说道，“那里确实住着一个人！他好像是个银行经理，是他干的对不对？您提醒了我！我全知道了！”

中校没理睬他，他又去看了看食物储藏室的那扇窗户，发现窗户是用便宜的软木做的，随便一个男人就可以把它打开。

这种手法看起来并不高明，可是，谁让上校家的窗户这么脆弱呢？中校告诫上校老实待在家里，不要出门，而后就离开了。

整个早上，上校脑海里浮现出了无数混乱的场景，一会儿是他上了军事法庭，一会儿是他身败名裂，一会儿又是敌国的种种阴谋陷阱。恐惧使他无法安心享用早餐，只能在房间里来回乱转。妻子看他这么紧张，只好把他的手枪偷偷藏了起来，生怕他在冲动之下干什么傻事。

就在此时，门铃响了，上校惊得跳了起来，但很快就恢复了冷静。他心想，也许来的是逮捕他的宪兵，那他不能失了上校的风度，他这样安慰自己。上校努力装出十分冷静的模样，然后打开了门，但进来的并非宪兵，而是一个小个子男人，长着松鼠一样十分醒目的门牙。

“先生，冒昧打扰，我是皮斯托拉，本地的警官。听说您家的食物储藏室被盗了，所以我特意前来了解情况。”

上校紧绷的神经放松了下来，他又恢复了军官的气派，傲慢地问：“你怎么知道？”

“您家女仆跟面包店的伙计说的。这里是我的辖区，我自然得来看一看。”

“嗨。”上校很看不上这个小个子，“没你的事儿，就偷了……一罐通心粉而已。”

“哇喔，只是通心粉吗？”松鼠牙微笑着回应，一点儿也不在乎上校的态度，“我能不能去看看食物储藏室？”

上校很想拒绝他，但是想到自己既然要伪装成无事发生的样子，就不该拒绝这个本地的小警察，于是不情愿地带他去看了。

“松鼠牙”在窗户旁看了一圈：“哦，用凿子干的，这手法看起来不是派派克就是安德里克。”

“谁？”

“派派克和安德里克呀。不过派派克现在蹲在监狱里呢。如果是窗户玻璃被整个儿卸掉，那我还知道几个嫌疑人，不过这个手法，估计是安德里克。”

“哦，你说得有理。”上校在旁边面无表情地附和着，心里却想着赶紧打发走这家伙才好。

“当然，难道还会是别人吗？”“松鼠牙”一脸严肃，“麦托也会这么干，但他不偷食物储藏室，他喜欢偷布料，这肯定不是他。”他露出了自己的松鼠牙，“我要去找安德里克聊聊。”

“那就请便。”上校现在一个头有两个大，他好不容易敷衍走了皮斯托拉，心想这个警察局的警察怎么能明白，这是一桩多么可怕的案子！指纹也不提取，脚步也不追踪，没有任何的先进手段，怎么能对付那最狡猾高明的国际间谍呢？这些蠢货！

上校思索了一会儿，他又给中校打了电话，声调十分温柔，甚至带了点儿谦卑的意味：

“老朋友，”他说，“那桩案子怎么样了？是，是，我知道按照规矩你们不能透露，但是，老朋友，我想到一个办法，我自费，是的，我自己掏腰包，十万克朗怎么样？你知道这不是一件小事，对，它值得，但是这只是一件私事，所以我相信那些侦探会为这份赏金卖力的。没错，没错，你什么都不知道，但是可以透露一点儿风声，这可是一笔巨款，好，你有可靠的手下就好，我就靠你了。老朋友，我等你的信儿，非常感谢。”

挂断电话之后，上校的精神也放松了一些。他整个身体陷进沙发里，想象着可能会发生的惊心动魄的场景，也许是在火车站，也许是在街角，穿着风衣戴着礼帽的侦探拔出枪和间谍进行一番你死我活的搏杀，那份文件也许要一两百人才能将它追回来，但上校知道，他已经尽力了。他就这样陷入了昏昏沉沉的幻想中，就在此时，门铃又响了。

上校跳了起来。打开门时，一对松鼠牙又一次映入眼帘。

“日安呀，先生。”“松鼠牙”说，“我就说嘛，这事儿就是他干的。”

“谁？”

“我和您说的安德里克呀，我不是说了派派克在服刑嘛，”“松鼠牙”一本正经地板着脸，连牙齿都藏进了嘴唇里，“那还能是谁呀？”

“我的天啊，”上校头都疼了，“你怎么又和我说那个安德里克！”

“不然还有谁！”“松鼠牙”皮斯托拉生气地说，“他已经被缉拿归案了！他也已经承认了！但是他说他偷了您一罐通心粉，里面却没有通心粉，只有一堆毫无价值的纸，这是真的吗？”

上校惊愕得几乎无法呼吸，他喘着粗气：“你说什么？那些文件在哪？！”

“在这儿啊。”皮斯托拉先生咧开嘴巴一笑，那两颗十分醒目的松鼠牙又出现在他的脸上。他掏了掏口袋，将一堆皱皱巴巴的文件拿了出来，“这个对吧？”

上校扑过去，把那堆无比珍贵的机密文件抢了过来。他悬着的一颗心终于落地了，泪水夺眶而出：“你是个好人啊！上帝保佑你！警官，你叫什么来着？”

“皮斯托拉。”“松鼠牙”此时显然心满意足，连他的两颗门牙也显得格外顺眼。

上校将文件放进抽屉后，取了他的酒来：“喝一杯吧，替我庆祝，喝一杯吧！先生，我可万万没想到，你破案竟然这么神速。”

“松鼠牙”扑哧一笑：“这没什么啊，食品储藏室被盗了，我就去找安德里克和派派克；顶楼进了贼，我就去找皮斯基、霍思卡、托拉德。”

“那如果是间谍案呢？”上校问道。

“嘿，您的酒真烈。我们不负责间谍案，但什么东西被盗我们就知道是什么人做的，全国上下能偷保险箱的小贼我们都记录在案。”他打了个嗝儿，“所以您要跟我去警察局一趟，取回那个罐子吗？”

“还提那个该死的罐子干吗！”上校嚷道。

等皮斯托拉离开，上校心满意足地跟他的妻子说：“我给了他五十克朗的酬谢，对那样的小警察，其实二十克朗就足以打发啦，不过，”他挥了挥手，“他到底还是替我找回了这些珍贵的文件。”

给达西卡听的童话故事

如何给小狗拍照

小狗的耐心总是时有时无的，看它摇晃得正带劲的尾巴就知道，它到底有多调皮了。因此，想要给小狗拍出一张令众人称赞的照片，绝不是件容易的事。它不仅需要主人拥有足够的耐心，还需要小狗的配合。举例来说，假如暖阳照耀大地，而小狗此时正乖巧地低头舔着盘子里的牛奶。它的动作既不暴躁，光线又恰到好处，这是多么温馨多么适合拍照的画面啊！

但可别忘了我说的，给宠物拍照是一件“运气事”，因为你无法保证你的相机时时刻刻都在你的手边。倘若这样的场景发生在室外，你就需要以飞一样的速度快跑回家，取到相机后又快跑回来。结果呢？等你跑得大汗淋漓时，你的小狗早已舔净了盘子里的牛奶，乖巧地坐在原地摇晃着尾巴。小狗的确乖巧，美好的画面构图却没了，你只能无奈地叹息，毕竟，小狗可不懂这些。

经过反复多次的拍照实验，我明白，仅仅凭借我的力量，很难给小狗拍摄出一张完美的照片。

因此，为了能够更好地给小狗拍出一组好看的照片，我请了一个专业的摄影师团队帮忙——毕竟，让专业的人去做专业的事，效果总是事半功倍，不是吗？

不过，看来世界上所有为小狗拍照的人，采用的方式都是相似的。摄影师挑选好适合给达西卡拍照的位置，然后在那个位置放上牛奶盘子。摄影师让我把牛奶倒进盘子里，趁小狗喝牛奶的时机，给它拍照片。

计划与实施计划的过程总是会有一些偏差，看着那突然变空了的盘子，我和摄影师甚至都没有反应过来。好在摄影师喊了我一声，我这才想起赶紧回屋拿来牛奶再给达西卡的盘子满上。而这段时间里，摄影师会一直专心地摆弄着他的照相机。

摄影师和我的注意力一直都在眼前那台“麻烦”的照相机上，谁都没有发现达西卡差点儿在几分钟内又把我刚刚满上的牛奶喝光了。这下好了，可以开始拍照了，摄影师说。

本以为一切准备就绪，当镜头对准达西卡时，摄影师又忽然发现相机里忘记放胶卷了。他朝我们尴尬地笑了笑，然后对我们说了一句“十分抱歉”。

摄影师先生不得不去拿胶卷换上。万事俱备，只欠东风，现在可以摆好姿势了。摄影师松了一口气看向我，我明白他的意思，连忙转头去看达西卡，但眼前的景象让我惊愕不已——它的盘子又空了。明明刚才还剩下不少，它喝牛奶的速度如此之快，快到让我有些反应不过来。

摄影师承认，这是他接过的最“棘手”的活儿。他有些抱歉、有些无奈地让我再次重复一遍和刚才一样的动作，更糟糕的是，这也意味着焦距又要重新调试了。

可一连喝了两盘奶的达西卡不干了，可能是这两盘奶让它很饱，当我给它倒上第三盘奶的时候，它连看都不看一眼。任凭我怎么哄它，怎么柔声细语地劝说它都没有用。

后来，我甚至把牛奶放到达西卡的鼻子底下，以一种粗暴的方式硬逼着它喝，被强迫喝牛奶的达西卡更加抗拒了，一口也不愿意再喝，这下可让我有些束手无策了。

摄影师知道这样下去也不是办法，只好作罢。他的脸色有些不好，摇摇头冲着我叹了一口气，然后离开了。

而令我感到惊讶的是，达西卡仿佛知道摄影师走后就没有谁会再逼着自己喝牛奶了，于是，它很快又把第三盘牛奶舔得一干二净了。这一幕让我目瞪口呆。没想到在我不逼迫它的情况下，它会如此主动自觉地去做一件事情。这样看来，我似乎知道该怎么做了。

摄影师第二次来的时候，手里拿着一个“五脏俱全”的相机，可能是因为上一次来时，由于自己的粗心忘了放胶卷，所以这一次他反复检查了所有设备，在确定万无一失后才准备去给达西卡拍照。

嘿！小家伙，你得安静一会儿！我招呼着达西卡过来坐下。就在这时，摄影师拿着相机突然来到了家门口，达西卡也跑了过来，但刚跑到家门口，它就趴在地上一动不动，鼻尖上还顶着晶莹的汗珠。

我真是渴望得到一张达西卡的照片，但现在捕捉它安静的瞬间真是太难了！我看到达西卡此时累瘫在地上吐着舌头，立刻和摄影师交换了一下眼神，摄影师心领神会，立马摆好摄像机。可没想到，当摄影师刚要将这个难得的画面定格的时候，达西卡突然蹿了起来，然后跑出去很远。

这样的情况重复了好几遍，每次都是在摄影师快要按下快门的时候，达西卡就会往前冲刺一段距离。它就像在逗弄摄影师和我一样，玩得不亦乐乎。它似乎知道有人用镜头对准了自己，所以才会做出这样调皮的行为。

我知道这样下去肯定不行，必须想出一个办法，让达西卡不要在拍照时到处乱跑。

也许它喜欢听故事呢？一个想法突然从我的脑袋里蹦出来。我看向摄影师身旁的两名帮手："拜托你们一件事，你们只需要给达西卡讲故事就好，故事的内容我会告诉你们，也许这样可以让它安安静静地待一会儿。"

但终究是我想得太过容易了，也不知道为什么，这时候的达西卡并不想听故事。它不是四处乱跑，就是在太阳底下趴着，最后被火辣辣的太阳晒昏头，开始汪汪大叫起来。因为太过活跃，它猛地一甩脑袋，只听啪的一声，摄像机的感光板立刻出现了一道白色的条纹。我也不知道达西卡到底是哪来的怪力，看着那裂开了一条缝的感光板，摄影师和我都愣在了原地。

达西卡可能也知道自己糟蹋了感光板，所以难得地安静了一会儿。

安静下来的它，就像是博物馆里的陈设品一般。有时候我会用手轻轻地拍拍达西卡的背，示意它坐下来。其实我对它并没有过多的要求，只要它在那里坚持五秒不动就行。可让我没想到的是，这居然遭到了达西卡的强烈反抗，它并不想安安静静地待在那里。

既然好好和它说话它听不进去，那我只能用美食来诱惑它了。我们原本以为没有什么动物能够抵挡美食的诱惑，但让我们没想到的是，我们拿着肉片诱惑了它几次，照片还是没有拍成。

究其原因，还是肉片的问题。因为达西卡一看到肉片就迫不及待地一口吞了下去，完全没有去细嚼慢咽。不仅如此，一口吞下肉片的它居然还缠着我们想要更多。

所以，又拍不成了。

总之，这只小家伙可真是一点儿都不让人省心。这次之后，我也总算明白了，与其尝试拍摄小狗的生活照，不如先拍几张漂亮的风景照或许更容易一些。

我觉得拍风景照比拍小狗更加容易，因为前段时间，我偶然发现了一处漂亮的地方。说实话，我并没有拍照方面的天赋，只不过，那一次我可能运气不错，拍出来的照片让我很是吃惊。“哦！天哪！这真是你拍出来的吗？真是漂亮极了！”我记得当时朋友就是这样夸赞我的。

获得一张可爱小狗的照片，还要在拍照时不发生意外。这件事实际上存在赌的成分，外加一些必要的侥幸心理。毫不夸张地说，这件事就像是让你在一条河里找到两条一模一样的鱼一样，但是如果我真的可以找到，那我绝对不会放过任何一次机会。

虽然说给小狗拍照是一个麻烦又复杂的过程，且非常劳力伤神。可是当你满怀期待地冲洗照片时，当你发现自己期待的东西正一点点出现在自己眼前时——小狗的照片被洗出来，你一定是很幸福的。如果让我表达出自己的心情，那我只能说再苦再累都是值得的。

显像液中慢慢显现了小狗的身影，一开始是嘴和鼻子，紧接着就是眼睛和耳朵，整个过程都是令人惊喜和开心的。

哦！快看哪！那小小的鼻子是多么可爱啊！还有那双眼睛，就像宝石一样。脑袋上那一对耳朵的弧度真是让我无法用语言夸赞，看上去真的好可爱，一看就是惹人怜爱的小狗。

假如你有一台属于自己的照相机，却没有一条属于自己的小狗，那也没关系，你可以约上你的朋友们，一起到公园里转转，公园里总是能看到许多活泼可爱的小狗。当然，在给公园里的小狗拍照时，你需要先得到小狗主人的同意。

不过，你要是自己拥有一只可爱的小狗，那再好不过了。这个时候，你一定要想方设法地得到一台照相机，并且学习一些拍摄宠物的技巧。做完这一切，你就可以体验一场比狩猎还要刺激的拍照之旅了。

那么，话不多说，剩下的就由你自己来亲身体验吧！

狗尾巴的故事

嘿！小家伙，如果你肯乖乖地坐一会儿，我就讲故事给你听。你问我什么故事？嗯……关于狗尾巴的故事，怎么样？你还感兴趣吗？我摸了摸达西卡的脑袋，微笑着看着它。达西卡似乎听懂了我说的话，真的乖乖坐下，就那样安安静静地坐在我的身旁。于是，我用温柔的声音给它讲起了我想向它讲述的故事。

达西卡，你一定见过黑白相间的狗。我猜你一定会和我说，黑白毛相间的狗不是很多吗？就是那种除了耳朵是黑色的，其他地方都是白色的狗。是的，今天我要给你讲的是有关猎狐梗犬的大英雄福克斯利的故事。

“福克斯利有着大大的眼睛和灵活的鼻子、有力的四肢和宽阔的脊背，看上去又强壮又敏捷。更巧的是，它的后背也长着一块和你一样的黑斑。”

达西卡好像听懂了我讲的故事，它抬起头用那双明亮的眼睛盯着我。

我从达西卡的眼神中看出了疑惑，于是伸手摸了摸它后背上那柔顺的毛发：“你是不是不知道自己的背后有块黑斑？”

达西卡看着我摇了摇尾巴，我想了想，于是对它说：“这样吧，等到你张大嘴巴打哈欠的时候，我就用镜子照给你看。”

达西卡高兴地转了两个圈，然后坐在我面前，伸着舌头看着我。

我摸了摸它的头，接着讲起了关于狗尾巴的故事：“哦，你瞧，那只尾巴特别长的狗！它摇着尾巴，好像正快乐地在空中作画呢。而当它的尾巴用力摇动时，尾巴就会像鞭子一样来回甩动，如果有株倒霉的郁金香在它尾巴的运动轨迹上，那我们也只能为那株郁金香哀悼了，因为它的花茎一定会被打断的。”

我话锋一转，对达西卡说：“不过，达西卡，你可千万不要这么做。”故事讲到这里，我暂停了一下，达西卡依旧睁着那双明亮的大眼睛盯着我，“福克斯利是一只非常勇敢的狗，它什么都不怕。而且它很有原则，它不咬好人也不咬客人，它只咬那些作恶多端的坏人。它懂得什么该做，什么不该做，更懂得分辨哪些人是真正的坏人。

“当它见到这些人时，它就会张大嘴巴，露出尖牙，直直地盯着这人的脖子。你可别小看了它嘴里的尖牙和那张咬合力极强的嘴巴。它一旦咬住坏人，就会展现出野兽的特性——把猎物硬生生咬死。

“后来福克斯利听闻，某个石窟中住着一条恶龙。

“不管是人还是动物进入这个洞窟，都会命丧恶龙之口。恶龙张大嘴巴可以将人或动物一口吞下，而且它有很多个头，死在它嘴里的动物真是不计其数。

“因为这条巨龙无恶不作，福克斯利决定去会会它，打败它，为民除害。达西卡，你相信福克斯利能战胜这条邪恶的巨龙吗？你可别小看它。

“达西卡，你能想象当时的情景吗？福克斯利龇着牙向巨龙扑过去，但是这条巨龙根本不把福克斯利放在眼里，它一边闪躲着福克斯利的攻击，一边对它发出嘲笑，嘲笑福克斯利的不自量力。福克斯利沉着冷静，丝毫不在意巨龙对它的种种挑衅。与此同时，福克斯利发现巨龙一直很担心自己的耳朵被咬到，于是便判断巨龙的弱点是它的耳朵。福克斯利对巨龙的耳朵发起了猛烈的攻击，只听它发出一声惨叫后逃跑了。

“不得不说，福克斯利实在是太勇敢了！

“在潘克拉兹，住着一个会吃人和狗的巨人，福克斯利不能看着这个巨人去迫害自己的同族和世间的生灵，于是决定将巨人除掉。巨人一直都很嚣张，它觉得自己无人能敌，它甚至还给自己取了一个让人害怕的绰号。

“福克斯利的脖子上有一个特殊的狗牌。嘿，达西卡，它的狗牌可不像你的这样，仅仅是为了让人知道你叫什么名字、住在哪儿。福克斯利的狗牌拥有神奇魔力，据说戴上那块狗牌后就会被赋予无人能及的巨大力量。正是因为这样，福克斯利才会如此英勇无惧。那么现在，你觉得福克斯利能成功打败这个巨人吗？

“你知道的，达西卡，福克斯利最喜欢的就是用它那满口的尖牙去撕咬那些干尽坏事的坏蛋。所以你猜得一点儿也没错。巨人被福克斯利用尖牙咬伤，流了不少血。本来巨人是咽不下这口气的，他可是以残暴自居的怪家伙啊！本来他还想报复一下福克斯利，一转眼，却看到了挂在它脖子上的那块充满神奇力量的狗牌。巨人顿时哆嗦了一下，然后一溜烟逃跑了。

“巨人曾吃了不少人和狗，那些剩下的骨头和碎肉已经腐烂了。巨人逃跑时，带起了一股腐烂的臭味。对福克斯利脖子上的那块狗牌的忌惮导致他颜面尽失、无地自容，巨人越想越气，于是愤怒地发出咒骂。

“怎么样，达西卡，你一定没有想到吧？只是这样一块小小的狗牌和一只小狗就能将专吃人和狗的巨人吓跑。后来，福克斯利打败可怕巨人的传闻传遍了大街小巷，它也因此变得家喻户晓。这件事过去没多久，福克斯利又听说在斯特拉施尼采住着一个残忍的、以各种方式奴役动物和人的鞑靼酋长培里肯。于是，它决定再次踏上征程，去解救那些生活在水深火热中的人们。

“福克斯利初次出现的时候，那些鞑靼人并没有意识到它是冲着他们的酋长来的。它开始朝着那些人狂吠，叫声越来越大，越来越响，威慑力极强，把在场的所有鞑靼人都吓得齐齐后退。而酋长培里肯也被狂暴的福克斯利吓到了，他承认自己从没遇到过这样的狗。

“鞑靼酋长全身哆嗦着，因为过于害怕，甚至连自己的眼镜都找不到了。由于找不到眼镜，他眼前一片模糊，只能隐隐约约看见一只狗在冲着自己摇尾巴。

“找不到眼镜的培里肯就像是在没有聚焦的高倍望远镜下观察宇宙细节一样。福克斯利四肢紧紧地抓着地面，背脊拱起，嘴里发出怒吼，尾巴快速摇动。很可能是因为福克斯利快速摇动的尾巴给培里肯带来了错觉，他以为敌人已经拿出了长剑，于是培里肯也拔出了自己的剑，凭借着模糊的视力和福克斯利打了起来。

“不幸的是，福克斯利的一截尾巴被锋利的剑刃斩断了。福克斯利很是生气，它咬牙切齿，用力扑到鞑靼人身上，张开大嘴露出尖牙，狠狠地咬在了他的腿上。

“最后它打败了酋长，也打败了所有的鞑靼人，培里肯这个名字从此便永远消失了。

“为了纪念帮他们除恶的英雄福克斯利，人们将它写进了史册歌颂。但从那以后，福克斯利的直系亲戚都没有了长长的尾巴。”

“达西卡，你也会被剪短一截尾巴的。但是不用害怕，我会帮你处理好。”我摸着达西卡的脑袋，安慰它。达西卡摇了摇它的尾巴，它先是转头看了一眼自己那根又细又长的尾巴，然后又看了看我。“好了，故事讲完了。达西卡，谢谢你能够安静地听我把这个故事讲完。”

为什么梗犬要学习打洞

达西卡，我要再给你讲一个故事，这个故事是关于梗犬为何需要学习打洞的。

我知道你一直是个乖孩子，所以不要乱动了，乖乖趴在我脚边。你知道的，每天看着你可爱的样子，我十分幸福。所以，我想给你拍张照片。但你或许不知道，调焦距是一件很复杂的事情，所以在我调整焦距的这段时间里，你就听我给你讲一个故事吧。

“那些大人们总说，老鼠藏在洞里，梗犬打洞是为了捕捉老鼠。实际上呢？这种想法是错的。就好像你，我的达西卡，我敢说你到现在都没有见过真正的老鼠吧，但你却总是在我的花园里挖土、打滚、刨坑，把我的花丛弄得乱七八糟。当然，我不是在埋怨你，我想你自己也不知道为什么你会如此活泼，不过没关系的，我现在就来为你解答这个疑惑。

“关于那场失去尾巴的战役，我之前已经跟你讲过了，不知道你还记不记得？不记得也没关系，我可以简单地再复述一遍——那是一场关于福克斯利——也就是你们纯种猎狐梗犬的祖先——和鞑靼人的战斗。福克斯利找到了自己那一截被培里肯砍断了的尾巴。要知道，这可不是一截普通的尾巴，而是承载着福克斯利光辉事迹的纪念品。它不想被游手好闲的人捡了去，于是就把它埋在了地下。这是我和你讲过的关于纯种猎狐梗犬的大英雄福克斯利断尾的故事，不知道你还记得吗？嘿，达西卡，乖孩子，别再想着去追那只小麻雀了。

“因为福克斯利的英雄事迹，自那以后，猎狐梗犬们都跟风把自己的尾巴剪断，并以此为傲。但因为福克斯利的名声实在太大，难免会遭到其他种族的嫉妒。比如，腊肠犬，它们开始不怀好意地四处散播关于福克斯利的谣言。

“我想，它们讲的这些故事都是毫无根据的，如果不信的话可以去查一查现代历史，上面根本没有它们说的这些事件。这完全就是凭空捏造出来的没有历史根据的故事，只是一个无法被证明真伪的传说！

“毕竟关乎自己祖先的声誉，猎狐梗犬们绝对不能忍气吞声，它们坚信自己的祖先福克斯利就是救世大英雄，不然它们为什么都要把尾巴剪短一截呢？可任凭猎狐梗犬们如何把尾巴凑到它们跟前，这些充满了嫉妒心的腊肠犬也不相信，它们觉得这就是狡猾的猎狐梗犬自导自演的一场闹剧。它们觉得剪尾巴是一件很简单的事情，它们问猎狐梗犬们：‘你们以为这世上就只有你们被剪短了尾巴吗？我也可以剪。再说了，凡事都讲求一个眼见为实，我们可没有亲眼见到你们的祖先福克斯利是如何被斩断尾巴的，所以单凭你们用嘴去说，我们是不会相信的。我认为，你们猎狐梗犬不能只凭被斩断的尾巴就说明自己是高贵血统的后代，如果要自证高贵，那应当去把你们祖先的神圣遗物找出来。’

“嘿，小家伙，你知道吗？那些被腊肠犬质疑了家族传奇真实性的猎狐梗们踏上了寻找神圣遗物的道路。它们用鼻子一点一点地嗅着来自地下的气息，因为只有通过气息辨别，它们才能知道这地下到底有没有东西。只是，福克斯利的尾巴到现在都没有被找到，不过猎狐梗犬们相信,只要它们坚持不懈一直找下去,就肯定能找到。它们发誓，如果真的让它们找到了这截尾巴，那一定要将它好好保存在一个干净透亮的地方，专门用来纪念这条给它们带来莫大荣誉的尾巴。而且到时候，它们还会用石子在石碑上面刻上 CaudaFoxlii 这几个字母，意思是‘福克斯利的尾巴’。

“达西卡，你知道吗？我们人类其实和你们猎狐梗犬一样，会用锄头和铁锹挖掘地下那些古代人的骨灰罐或骨头，以及他们留下来的遗物等。我们将挖到的这些东西都放到博物馆里。不过，我这里说的骨头和骨灰罐可不是用来啃的，达西卡，你听到了吗？

“好了，故事结束了。”

关于猎犬福克斯的故事

“达西卡，你知道的，福克斯利是历史上最伟大的猎狐梗犬。如果你能安静地坐一会儿，我就把关于另外一只猎狐梗犬的故事讲给你听。哦，乖孩子，来吧。你知道的，就像我之前和你讲过的那些，福克斯利做了很多为民除害的好事，你一定会觉得它是世界上最早出现的猎狐梗犬吧？其实并不是。什么？我就知道你会问我世界上最早出现的猎狐梗犬是谁，让我告诉你它的名字吧，它叫福克斯。和福克斯利一样，福克斯全身雪白，但它没有福克斯利身上的斑点，就像是一朵刚从水中绽放的白荷花。达西卡，你一定也想知道为什么福克斯的皮毛会那么白吧？因为福克斯曾经和天使一起在天堂生活，它的存在为天堂里枯燥的生活带来了许多欢乐，特别是那些天使，它们都很喜欢和福克斯一起玩耍。傻孩子，福克斯可不像你一样喜欢吃生肉片，它和天使一样，吃那些像云朵一样洁白的奶油蛋糕。

“其实，它和普通的猎狐梗犬没有什么不一样，也十分贪玩，而且很难安静下来。只不过它会自觉主动地到天堂外面小便。达西卡，希望你明白，在天堂里是不能随便小便的，因为这样做是非常没有礼貌的。就算是在房间里也不可以，你记住了吗？

“当福克斯想要出去玩耍时，它就会跑到天堂的门前，这时候天使们就会给它开门。这点你该好好向福克斯学习学习。嗯……刚才我讲到哪里了？哦，我知道了。福克斯是一个调皮的孩子，即使到了天堂外面也没有一刻消停，百无聊赖之际，它去找了同样长着尾巴的恶魔。自从它发现天使有翅膀而自己没有时，它就明白了，自己与天使不是同类。你一定想象不到福克斯是怎样和魔鬼一起玩耍的。它们你追我赶，相互摇着尾巴，在地里滚来滚去，等它玩累了、玩尽兴了才赶回天堂。来到天堂门口的福克斯发现自己身上刚才被恶魔碰到的地方已经出现了黑色的斑点，而且还有泥土溅到了身上，这就是猎狐梗犬黑棕色斑点的由来。

“后来，福克斯的一个魔鬼朋友找到了它。这是一只小恶魔，大家都叫它撒旦。它恳请福克斯帮它一个忙：‘我亲爱的朋友，就这一次，我只想看一眼天堂，我保证不乱来！’

“福克斯毫不犹豫地拒绝了恶魔的请求：‘这绝对不行，他们是不会让你进去的。’小恶魔眼珠转了转，然后兴奋地看向福克斯，好像想到了一个好办法：‘那这样吧，我躲进你的嘴巴里。我相信他们不会粗暴地掰开你的嘴巴的。’鉴于它们之间深厚的友情，福克斯最终答应了。

“福克斯含着小恶魔来到天堂门口，果不其然，帮它开门的天使并没有检查它的嘴巴，所以小恶魔顺利地进入了天堂。为了不被发现，福克斯尽量不表现出异常。可是，福克斯的行为可以瞒过那些天真的天使，却瞒不过上帝：‘哦，我可爱的孩子们，听着，这里有人把小恶魔带进来了！’

“在场的天使们大吃一惊，他们异口同声地回答道：‘不是我，不是我。’只有福克斯显得和别人有些不一样，它就那样一言不发地站在原地，紧闭着嘴。因为它害怕自己一张嘴，小恶魔就会从嘴巴里跑出来。福克斯只是‘汪’了一声，就快速地闭上了嘴巴。福克斯私藏魔鬼的行为被上帝发现了，他很抱歉地看着福克斯说：‘小恶魔在你的身体里，福克斯，你应该清楚。你已经不能再待在天堂侍候天使了，我们现在要把你派到凡间去伺候人类。’

“这就是你们上颚内侧那个小斑点的由来了。传说，每一只猎狐梗犬的体内都住着一个魔鬼，上颚内侧的那个小斑点就是魔鬼留下的痕迹。好了，达西卡，我的故事讲完了，你可以去玩了。”

关于阿狸的故事

“嘿,小家伙,今天我会讲一个关于阿狸的故事。在讲故事的同时,我会帮你拍照，如果你想听我讲故事，那接下来的几分钟你都要乖乖地待在这里。等到故事讲完，你就会看到镜头里那个乖巧又漂亮的自己了。

“还记得我之前跟你讲过的福克斯的故事吗？和福克斯一样，今天的故事还是关于一只猎狐梗犬的，这只猎狐梗犬的名字叫作阿狸。它们长得都很像，都有着一身白到发亮的皮毛。不过，和福克斯不一样的是，阿狸的耳朵是茶色的，而不是黑色的。除此之外，它的后背上还有些十分好看的黑色斑点。

“那是一个鲜花盛开、蝴蝶翩翩飞舞的花园，花园正中间有一个又大又圆的水池，水池里装满了清澈的水，水里面长满了白色和粉色的睡莲。阿狸就住在这个漂亮的花园里。美中不足的是，花园里面还住着成群的老鼠。水池里的水很深，但是阿狸从未失足掉进过水池，它可不是一个做事莽撞的冒失鬼。

“然而，在一个乌云密布、雷声隆隆的日子，奇迹发生了。还记得吗？小狗们都喜欢在下雨前去闻闻青草的气味，因为那时候的草比较鲜嫩，阿狸亦是如此。那天，它正在那里吃嫩草，而它不知道的是，这一堆嫩绿的草丛里混入了一株奇特的植物，拉丁人都叫它‘Miraculosamagica’，意为奇迹。

“阿狸之前从未听说过这种草，所以它毫不在意，就把它当成了普通的青草。可就在它将嚼碎了的仙草准备咽下的那一刻，它发现自己全身上下涌起了一种特殊的感觉。它还没来得及作出反应，周围突然烟雾弥漫，阿狸长出了人的四肢，还长出了飘逸的长发。它好像……变成了一个贵公子。事发突然，阿狸觉得难以置信。要知道，它曾经可是一只狗啊。刚变成人的阿狸还没有习惯人的身体，它下意识地想用后腿挠挠耳朵，以便让自己清醒一些。可抬起腿的它发现自己的腿根本挠不到耳朵，同时，它还惊讶地发现，自己的脚上还踩着一双金光闪闪的皮鞋……”

“嘿！达西卡！”达西卡被一只刚落地的麻雀吸引了注意力。明明故事讲到了高潮阶段，却没想到，达西卡居然为了去追麻雀而放弃了听故事。因此，这篇关于阿狸的故事没能讲完，也就没有结局了。

关于道伯曼犬的故事

其实，猎狐梗犬并不是唯一剪断尾巴的狗。还有一种名为道伯曼犬的狗，它们的尾巴被人有意剪得很短，短到不仔细看都不知道它有尾巴。嘿，达西卡，关于道伯曼犬，除了它们的短尾巴外，你还想知道别的吗？好了，让我来告诉你。它们是通体呈黑色或者棕色的狗，并且腿很长。只不过有一点你一定要知道，它们的短尾巴可不是为了纪念先贤的。达西卡，乖孩子，快到我的身旁，你一定很想知道道伯曼犬为什么要把尾巴剪断吧！

“故事的主人公是一只名叫艾斯特鲁的道伯曼犬，人们觉得它的名字很可笑。而它有时会独自转圈，因为它觉得长在后面的尾巴是一个坏家伙，总是躲着自己，这让人们觉得它的行为也很是愚蠢，但是没办法，它找不到别的好玩的东西。

“不过，更令人惊奇的是，它的尾巴居然可以和它对话！

“‘你别跑，等一下，你就让我咬一口！就一口！’艾斯特鲁追着自己的尾巴，边追边说。

“‘不要！’尾巴答道。它似乎对艾斯特鲁这样冒昧的要求感到很厌恶。

“‘我让你等我一下！你要是再不等我，我就生气了！’道伯曼犬气得大吼大叫。

“‘我才不会等你呢。’尾巴笑着说。那态度仿佛是在故意挑衅艾斯特鲁。

“艾斯特鲁被气到了，它恶狠狠地威胁尾巴：‘既然你不等我，那我就只好把你吃掉了！’

“然而，尾巴根本不相信艾斯特鲁说的话，权当艾斯特鲁是在开玩笑：‘我怎么可能会被你吃掉呢？’

“脾气暴躁的艾斯特鲁一听这话立刻火冒三丈，它趁着尾巴没有反应过来，猛地向前一扑，直接把自己的尾巴一口咬掉吞进了肚子里。要知道，处在愤怒状态的道伯曼犬可是什么事情都做得出来的，要不是当时有人用扫帚制止它，也许它连自己都会吃掉。

“因此，为了防止道伯曼犬再把自己的尾巴咬断，人们就手动帮它们把尾巴剪断了。

“好了，今天的故事讲完了。达西卡，怎么样，没想到吧？今天的故事这么快就结束了。”

关于灵缇犬的故事

“灵缇犬到底是从哪里来的呢？是天堂里的上帝将它们创造出来的吗？上帝的创造能力相当惊人，这世界上很多生物都是他创造出来的，但是也要明确一个事实，灵缇犬生于兔子，而非上帝。

“上帝其实很看好狗类，因为他觉得这是一种自己创造出来的最好的、最聪明灵活的生物，所以它被当成了压轴之物。为了加速创造的进程，上帝准备了骨山、肉山和毛山这三座大山。

“其实上帝最初创造了两个品种的狗，一种是猎狐梗犬，另一种是迷你刚毛瘦犬。因为最先被创造出来，所以它们的头脑也异常聪明。那时候的上帝灵感爆棚，他本想着接着创造出下一种狗，却没想到铃声突然响起来，提示他该下班了，他说道：‘好吧，既然铃声响了，那我也该休息了，等下次再来继续创造吧。’上帝说完就直接去休息了。

“就在这时，一只兔子突然从骨山里窜了出来，紧接着就传来了咯嗒咯嗒的奇怪声响，只见一根骨头好像长了腿似的追着兔子跑了过来，边跑还边发出汪汪的叫声。后来这根骨头就变成了灵缇犬，这也是灵缇犬为何全身上下只有骨头没有肉的缘故。

“肉山好像也饿了，肚子里发出咕咕的叫声。于是，斗牛犬和斗拳狗就这样诞生了。它们是因为肉山饿了才产生的，所以在它们出现的那一刻就感到了饥饿，立马就出去寻找食物，吃饱喝足了才回来，正因如此它们浑身是肉。

“毛山将刚才发生的所有事情都看在眼里，也许，它和肉山一样也饿了，于是便伸了个懒腰就外出寻找食物了。随后，圣伯纳犬就带着浓密的毛发出现了。除了圣伯纳犬之外，毛山还变出了贵宾犬、哈巴狗和京巴犬。

“这三座大山本来是上帝用来创造生物的能量储备，等上帝休息完毕，回来之后却惊讶地发现地上什么也没有了。他十分生气，就用剩下的材料创造出了长相奇特的腊肠犬。

“这个故事主要讲述了狗狗的起源。言归正传，如果以后在街上遇到灵缇犬，或者是故事里提到的其他狗，你可以不用去搭理它们，因为猎狐梗犬的身份远远比这些‘老古董们’高贵。希望你能明白，我的好孩子。

“好了，亲爱的达西卡，今天的故事讲完了，你可以去玩了。”

关于狗的习性

不知道为什么，这段时间，我总是喜欢给达西卡讲各种故事。今天，我要给它讲的故事就是关于狗的习性的故事。

我又叫来了达西卡，和上次一样，让它安安静静地坐下来。

“达西卡，听着，我今天要给你讲的是一个真实的故事，不是像之前那样是虚构的故事。你知道我为什么要给你讲这些吗？

我用柔和的眼神看着达西卡，达西卡也摇着尾巴看着我，眼神中带着一些疑惑，它并不明白我说这话是什么意思。

我笑了笑，因为我希望它以后能成为一只有教养、有礼貌而且举止得体的狗。达西卡冲我吐着舌头。好吧，那我就要开始了。

“几千年前，狗并不是人们养在家里的宠物，而是生活在原始环境里的野兽。它们不愿意和人类生活在一起，因为那时候，人类社会还没有如今这般现代化，那些远古的狗是看不上野蛮蒙昧的人类的。

“于是，狗选择了和自己的同族过群居生活。它们和其他野生动物可不一样，一般的野生动物都生活在原始森林里，而它们却选择居住在广袤无垠的草原上。

“对草原的依恋和对青草气味的熟悉已经刻进了它们的骨子里。正因如此，狗进化到如今，依然对茫茫草原有着特殊的情感。就像你，达西卡，你不是也很喜欢在草地上奔跑吗？

“嘿，达西卡，是不是有人问过你，为什么你要在睡觉前原地转三圈？你知道这是为什么吗？来，我告诉你。以前的狗群生活在广阔的草原，它们转三圈是为了把自己身下的那块草地压实，避免枯草翘起刺到后背，这样可以让自己尽可能的舒服一些。所以，即使到了今天，小狗们睡觉之前也仍然保持着这个习惯，即便是那些和你一样，睡在柔软温暖的床上的狗也不例外。

“除了睡觉之前的习惯，你知道为什么狗在夜里要大声狂吠来回应其他狗的叫声吗？其实，你的祖先们和其他生活在草原上的动物一样，由于草原过于广袤，生活在那里的动物们不得不通过叫声来确定自己同伴的位置。在那样的生活环境下，叫声不仅可以让落单的小狗们找到大部队所在的位置，还可以作为一种信号来进行远程交流。

“哦，对了，达西卡，你知道为什么狗路过一些石头或是高树时总会留下一泡尿吗？

“其实，这些尿液就相当于小狗们的记号，这些习惯其实早在远古时期就已经形成了。后来，小狗们就会通过这些‘记号’来判断附近是否有同类。

“还有啊，你知道之前你看到的狗狗为什么要把一根完整的大骨头埋在事先挖好的坑里吗？那是因为，早在几千年前，狗类为了防止自己在饥荒时期饿死，就选择这样做，以备不时之需。嘿，伙计，你也觉得它们很聪明吧！

“达西卡，你知道的，后来狗和人生活在了一起，但你肯定不知道这是为什么。毕竟，之前我跟你提起过狗是不愿意和人住在一起的。其实在那时候，人们并不是群居的，他们看到像狗这样团结协作、共同生活，觉得这样生活也挺好的，所以就学起了狗群居的行为。嘿，达西卡，你猜后面发生了什么？后来，这些人每次狩猎都能收获满满。

“当然，至于人们把野味带回去怎么烹饪这就不必细说了。这样一来，有人居住的地方就会有遗漏的骨头和肉类，这些狗狗看见这么多的骨头，便表现得相当兴奋。

“‘我们每次都要辛辛苦苦地出去找肉和骨头吃，但是在人族部落，有那么多的骨头和肉，如果能和他们生活在一起，那我们肯定不愁吃了！’小狗们纷纷议论起来。

“所以，为了让自己以后不用再那么辛苦地外出寻找食物，这些狗们就选择了和人类居住在一起。达西卡，你现在应该也知道为什么你和我会生活在一起了吧？

“经过了长达几千年的相处，人和狗好像直接融合在了一起。现在，大家都觉得小狗们与人待在一起是再正常不过的一件事了。

“故事讲完了，好了！乖孩子，去吧，去草地上痛快地奔跑吧，那才是属于你的天地！”

关于人类的故事

好了，今天我也如往常一样给你讲故事。令我感到难过的是，达西卡，你该去一个没有我的陌生地方了，去那儿和其他人一起相处。但在此之前，小家伙，你必须学会如何融入那个陌生的环境。所以今天，我会给你讲讲有关人类的故事。

“人类不是又坏又没有良心的物种，你应该记住这句话。那些流传在动物之间的谣言，你应该也听到过，它们说人类都是坏家伙，达西卡，你可千万不能相信。

“在和人的相处中，你应该也体会到了吧？如果人类真的如同那些谣言中描述的那样，那么狗又怎么会选择与人类共同生活，又怎么会从野生动物变成人类的忠实伙伴呢？这一点，我相信你应该能从我们的日常相处中有所体会吧，达西卡？

“事实上，人类与狗的友谊，可以追溯到数千年以前。在那个时代，人类开始意识到，狗不仅可以帮助他们狩猎、看家护院，还可以成为他们生活中的忠实伙伴。于是，人类开始饲养狗，并给予它们关爱和照顾，而狗也以其忠诚和勇敢回报人类的关爱。这种关系历经数千年，已经变得密不可分。

“在现代社会，狗更是成了人类家庭的一部分，就像你一样。达西卡，你陪伴我们度过了一段欢乐的时光，而你也接受我们的抚摸和抓揉，也会从我们这里获得相应的食物。

“达西卡，你要记住这世界上的人分为好几种，第一种就是那种体型比较庞大，声音很是洪亮，还留着密密麻麻的胡子的，这种人就是你的父亲。在家里，他代表着领导者和执行力，你必须学会如何与他融洽相处。

“哦，孩子，不要紧张。其实他们也并没有听起来的那么凶恶。如果你乖乖听话的话，他们甚至会帮你挠耳朵，摸你的头呢！这听起来很不错吧？

“与那种高大威猛、声音洪亮的人相比，另一种人的体型明显小了许多。但是你要注意这种人，她们的声音通常会比较尖细，身形也很苗条。她们的脸上没有胡子，这是一个很明显的特征，而这种人你该称作母亲。

“达西卡，我说的这些都记住了吗？你不仅该和父亲相处融洽，还要和母亲好好相处。因为你的日常必需品以及食物等是由她安排的。而且在一般情况下，都是由她来照顾你，她会抚摸你，为你洗澡、梳理毛发，给你的牛奶盆里倒满牛奶。

“还有最后一种人。他们的体型和声音都不能和父亲、母亲相比，他们可能就和你差不多大，而且还会发出可爱的奶声奶气的声音。不过，他们有时也会发出十分刺耳的喊叫声或者是哭闹声。这个时候，你可以选择跑得远远的，避免对方高亢的声音吵到你。你也可以选择跑到他的身边，让他抚摸你柔软的毛发，用自己湿润的鼻尖触碰他的小手，以此来安抚他受伤的情绪。达西卡，记住我说的话，你一定要和他们好好相处，他们会和你一样慢慢长大，会和你一起追逐打闹，但也有可能会扯着你的尾巴不放。

“等到他们学会了如何走路、如何奔跑，或许还能和你在草地上开展一场激烈的赛跑呢。这就是人的分类，你都听明白了吗？怎么样，是不是觉得很有趣？

“或许你会很疑惑，明明自己在大街上遇到的那些同类和自己玩得很开心、也很愉快，而且它们还是和你流着相同血液的同族，为什么不能和它们生活在一起呢？

“但是，达西卡，希望你能明白，只有跟人类生活在一起才能够体会到家的氛围。达西卡，你或许已经感受到了，当你孤独时，人类会给予你安慰；当你疲惫时，人类会给予你休息的角落；当你快乐时，人类会与你一同分享喜悦。这种情感的交流，这种无私的给予，正是家的真谛。它看不见摸不着，却比任何物质都更有力量。它能够治愈心灵的创伤，能够温暖冰冷的心灵，能够点亮黑暗的角落。这就是人类家庭的魔力，这就是家的力量。人类是一个充满了爱和信任的物种。家庭甚至比你们的血脉还要神奇，是一种无形又细腻的东西。

“如果我讲的这些你都听明白了，那么你可以去草地上奔跑了。”

贝恩、彼约、布莱奇和比比

大自然赋予万物以新生的能量，春日来临，阳光正好，整个世界都洋溢着生机勃勃的气息。在这样一个值得铭记的日子里，我终于鼓起勇气，郑重其事地向我亲爱的爱丽丝阐述了我藏于心底已久的愿望。

我说："亲爱的，你我相伴已久，你已不再是我饲养的宠物，你是我的挚友，我的知己。如今时机已到，是时候为你打开新生活的大门了。我将为你物色一位门当户对的终身伴侣，你们将踏上一段浪漫的婚姻之旅，拥有一个充满温馨与欢乐的家，未来还将迎接属于你们的孩子。一切都将无比美好，你将是最美的新娘。"

爱丽丝摇着它的尾巴，这是它表达欢喜的方式。它似乎在用这种方式向我诉说自己的心声："主人啊，我支持您的决定！我现在唯一的诉求便是希望您能够赶快将这一安排提上日程，因为这不仅是您的想法，还是我内心的深切希望。所以，请您赶快执行您的决定，让我们都早日如愿以偿吧！"

诚挚的祝福，殷切的期盼，这一刻，我们的心情是多么相似。我深知，从今往后，它将迎来属于自己的崭新未来，过上幸福美满的生活。而我也会成为它这段生命旅程中最重要的引路人和见证者。

不久，布贝·冯·普雷斯贝尔格如约而至，这是一位出身显赫的绅士，是一只备受嘉奖的优秀猎狐梗犬的主人。那只名贵犬的注册号是 193E.D.F.St.B.12233，M.F.T.371/II（注意这是狗狗的号码，而非主人）。开门见山，他直接询问了我的家系渊源。我很坦白地告知他，我的祖先只是些普通的农人，这令我有些难为情。虽然家世方面稍有不足，但这位彬彬有礼的绅士并不介意。

他细细打量着爱丽丝，仔细端详着它优雅大方的仪态。

“上佳的血统，恰到好处的体型，柔顺漂亮的毛发，配上那双明亮灵动的眼睛，简直是无可挑剔！”他由衷地赞叹道。

接着，这位绅士郑重其事地向我发出邀请：“尊敬的朋友，我衷心希望爱丽丝小姐能成为我家那只精壮猎犬的终身伴侣。它们是天生的一对，一定能组成最棒的狗狗夫妻，繁衍出优秀的后代。”

第二天，那位绅士便带着他教养良好的“孩子”上门拜访，想要正式认识一下爱丽丝。爱丽丝欢欣鼓舞，像支灵巧的箭一般在屋内窜来窜去（请将一只毛茸茸、灵活矫健的“小狗火箭”于脑海中勾勒出来吧）。这分明就是它对爱侣的邀约——快来呀，向我求爱吧！来和我追逐游戏吧，来亲吻我，和我一起在绿草如茵的大地上恣意嬉戏！在这片广阔的领地上，任凭春风拂面而过。啊，我的王子啊，你真是英武不凡！

然而布比克似乎被这份热情吓到了。绅士见状皱起眉头，显然对爱丽丝“有失体统”的表现很不满意。就在爱丽丝又一次欢快地冲向布比克时，那位绅士突然大声呵斥道：“不可如此放肆，我家布比克会透不过气来的！”说罢，他双手一用力，将不听话的爱丽丝死死夹在双膝之间，同时拉着年轻的布比克的项圈，迫使二犬亲密无间地靠在一起。我原以为我家敏锐细腻的爱丽丝会很不开心，但它却乖乖地听从指令。看，这就是所谓的夫妻恩爱之道了——它会接受一切命令，就算是不喜欢的姿势，也会照单全收。

那天之后，爱丽丝开始一步步走向了颓唐。它逐渐失去了往日的活泼，将自己封闭在属于自身的小世界里，有时候，它甚至会显露出一丝焦虑与不安。它的皮毛变得越来越稀疏，肚腹也日渐隆起，脊梁也开始露出棱角，不再是当初柔软可爱的模样。

“噢，人类朋友啊，请您一定要诚实地告诉我，我这是怎么了？我老了吗？变丑了吗？”它自言自语道，“发生了什么啊，我年轻的容貌正飞快消逝，一去不复返。”

就连那只白须黑耳的高贵公狗，也在某一天，注意到爱丽丝钻进了狗窝中陷入自闭。对于爱丽丝而言，那个小小的狗窝是个能令它安心的地方，受尽了委屈或不公平对待，它才会钻进那狭窄的空间躲避。而这一次，爱丽丝长时间地待在狗窝里，哪怕我们用最亲昵温柔的语气呼唤，它也置若罔闻，无动于衷。

数小时后，家里的女孩子们突然兴冲冲地跑来向我汇报了一个振奋人心的消息——爱丽丝的狗宝宝降生了！作为女性，她们对这种事情总是相当关注。爱丽丝当时的神情极为戒备，不许任何人靠近它和它的宝贝们，所以我们只能在狗窝外猜测，是有两只小狗呢，还是有十一只呢？我们可以看见狗窝里那团黑白相间的蓬松绒毛在微微晃动，却无法看清小狗的模样。就这样，在无尽的好奇和期待中，我们耐心等待了两天。直到第三天，我们才终于确定，爱丽丝一共生下了四只小家伙。

看着那四只毛茸茸、软绵绵的小生命，我的内心百感交集。我为爱丽丝感到高兴，它总算度过了生命中这个重要的关口。

爱丽丝在长长地呼了一口气后，开始放纵地狼吞虎咽起来。

若是当初我能依从祖训，在一天的劳作之后，还坚持用疲惫的双手将家中发生的大事记下来，或许会留下这样的记录：

第五日，随着时间的流逝，四个小生命也在逐渐成长。小狗们已能发出呜呜的啼哭声，还会时不时发出低沉的吼声、嘶嘶的怒吠声和啧啧的咂嘴声，以此彰显它们天生的力量和野性。唯一的那只小小的黑毛狗似乎格外活泼好动，它总是从狗窝的一角爬到另一角，并欢快地吠叫，似乎在夸耀自己的勇敢无畏。除了偶尔团成一团酣睡，或者钻到慈爱的狗妈妈爱丽丝怀里喝奶，它们还会时不时地用肉乎乎的小脚掌拼命蹬爱丽丝，将它的肚皮踹得凹凸起伏，活泼可爱的模样令人忍俊不禁。从这些小狗天真稚嫩的行为中，我们再一次看到了造物主赐予生命的奇迹。

第六日，我们看到，那只黑毛小狗已能自己从狗窝中连滚带爬地出来了。这没什么好惊讶的，它向来如此，甚至早就展现出了一往无前、向往冒险的个性。想必再过上一段时间，它必将蜕变成一只勇猛强壮的大狗。那一刻，它的叫声肯定无比响亮，直冲云霄，就像在昭示它的非凡血统一样。

我看着这只小狗逐渐成长，也渐渐领悟到生命的循环运转规律。爱丽丝虽然会慢慢老去，但它的后代们将接续生命的火种，传承下去。生命的画卷永不停歇，而生命的循环、轮回，只不过是在不同的篇章中翻开新的一页而已。

第七天，小家伙们逐渐感受到了亲情的温暖，它们开始在母亲温暖的肚皮下你推我挤、互相撞击，试图把其他渴求母爱的兄弟姐妹挤开，只为能独占那源源不断的滋养。

第九天，随着日子一天天过去，狗窝内吵嚷、争执声不绝于耳。这些原本软糯可爱的小生命，开始展现出野性的一面，为了争夺母亲的呵护而剑拔弩张。

第十天，在这片鸡飞狗跳的混乱中，那只黑白相间的小狗终于睁开了自己的左眼，眼神中透露着天真烂漫和一丝好奇，似乎在疑惑这世界为何如此喧闹。

第十一天，除了那只小白狗，其余的小家伙都已经睁开了双眼，傻气十足地打量着这个陌生的世界。难怪它们的脑袋看起来如此之大，原来是为了装下满满的好奇和对未知的向往啊。

第十二天，小狗们的肚皮圆滚滚的，就像一面面小鼓。

吃饱后，它们总喜欢在狗窝里翻滚，并发出震耳欲聋的吠叫声，四处撒欢。今天，一只三色耳朵的小家伙也加入了这场吵闹的狂欢合唱中。

第十四天，布比克的主人突然出现，他毫不留情地为这群小狗剪掉了尾巴。我不忍目睹这一残酷的仪式，于是躲到了一边，直到剪尾仪式结束。最后，我只看到掉落在地上的四根洁白纤细的尾巴，那些掉落的尾巴比女孩子的手指还要可爱。如果可以，我多么希望能把它们留下，当作纪念。不过我还是担心小家伙们会把尾巴吞下肚子，这可能会对它们的健康造成危害。最终，在爱护与留恋的矛盾心理中，我挖了一个小坑，把这些尾巴埋了起来。

第十五天，随着小狗们渐渐长大，整个屋子里到处都是尿液的痕迹，这昭示着它们正在开启自己人生的新篇章。往后的岁月里，它们终将成长为强壮独立的个体，踏上崭新的征程。

小狗们的成长过程缓慢而神奇，是值得被一一记录的。首先，它们学会了汪汪吠叫和呜呜低吟；接着，它们从狗窝里跳出来探索世界；再就是攀爬台阶挑战新高度，随后便能发出震耳欲聋的吼声，追逐嬉戏；慢慢地，它们学会了用鼻子嗅探万物，对一切都怀有无限好奇，无论多小的洞穴，它们都想一探究竟；最后，它们不再害怕陌生人，在任何人的怀抱中都能安然入睡。它们的行为如同中世纪波希米亚贤君时代的小狗一般，即使相隔数个世纪，小狗们的天性也如此相通。

可惜，我错过了记录这一切的绝佳时机。

仿佛一夜之间，我的家成了四只活泼小狗的乐园，到处充斥着小狗们的吵闹声，毛茸茸的小脑袋和摇曳的尾巴会从各个角落探出。我每迈一步，就有小狗呜咽着咬着我的裤腿不放，甚至成串地挂在我身上。家人们则忙着穿梭在小狗之间，篮筐、锅碗瓢盆，甚至是破旧的衣物和鞋帽里，总是睡着一团团白色或者黑色的小家伙。它们会蠕动着爬行，并在地上留下许多排泄物形成的小水洼，数目之多，无法计算。明明屋里只有四只狗宝宝，但短短三十秒内，地上却会有五处小便痕迹。

小狗们就是大自然的杰作，是快乐和小水洼的源泉。或许所有河流的源头，都隐藏着一间小木屋，里面住着一位护林员，还养着一只生有九个孩子的母狗，它或许叫朵拉、福罗拉、狄安娜、西尔维娅或阿蜜娜。这是个有趣的猜想，确实值得深入探讨。

在更多的小狗到来之前，爱丽丝自己首当其冲。它消瘦不堪，乳房几乎要流出血来。作为狗妈妈，她不仅要教会孩子们必修的一切本领，如追赶、攻击、袭击敌人脖颈、刨花坛、搬运东西、啃咬静物等，还有如跳舞、追尾巴、爬上人腿、钻过栅栏溜达等选修技能。

然而，在技能传授完毕后，爱丽丝就会独自躲进自己的小世界，再也不出来，除非听到四个孩子中有谁发出绝望的惨叫，它才会现身查看。通常事情也不大，不过是贝恩咬了比比的尾巴，比比惨叫咒骂，两只小狗一起滚下了九十九级的台阶；或是布莱奇把脑袋夹在了两根棍子中间，彼约咬到了电线……这类事故几乎每八十六秒就会发生一次。

一旦出现这种状况，爱丽丝就会心急如焚，会急忙赶去舔舐那个遇险的孩子，孩子便会委屈大叫，趁机在妈妈安抚自己时又狠狠地吸吮乳头，享受剩下的奶水。这可不得了，布莱奇看到比比喝奶十分嫉妒，咆哮着冲过去，硬是要扯走比比。贝恩见机会来了，就立马飞奔过去死死咬住布莱奇的耳朵。在这混乱中，爱丽丝最终选择沉默退出，悄悄地回到了自己的房间中。

你留意到了吗？这四只毛孩子的名字都是以 B 打头，原因是它们都属于第二胎。按照命名惯例，每一胎小狗的名字都得按字母表顺序来起。所以，我已着手为 K 这一代的小狗准备好了姓名，比如克彼得、克奥福底斯、克维苔克、克伍特瑞克、克伍恰拉、克卫拉普，还有以雨果笔下《钟楼怪人》卡西莫多为名的克佛兹莫多等。不过最使我费神的，还是 Ch（在捷克语中作为首字母）和 Z 开头的名字。

此外，家中还有一位重要的成员，那就是猫咪。很显然，它并未将家里的小狗仔放在眼里。还记得当年爱丽丝做母亲时，它是如何强行将猫赶到狗窝，逼迫它瞧瞧自己的儿女的吗？猫咪昂首挺胸地扬长而去，一派不屑一顾的贵妇人架势，那姿态仿佛自己在被迫窥视住在岩洞中的野蛮人一般。这明目张胆的蔑视，令爱丽丝无比愤慨，它恼火地说："既然如此，就别怪我不客气了。"自那之后，爱丽丝便将猫盘中的食物尽数扫荡，以示报复。

两种性情南辕北辙的生物，就这样在家中上演着你追我赶、针锋相对的戏码。爱丽丝恪守着作为母亲的责任，尽职尽责地养育着它的孩子们；而那只猫咪则继续我行我素，对狗窝中的喧闹熙攘嗤之以鼻，过着它高高在上的清静生活。

现如今，我们被这些小淘气包团团围住，无处可逃。它们趁虚而入，爬上我们的脚背、鼻尖，热衷于扑向我们的耳廓；将我们当作靶子，练习袭击追捕的技能；甚至将我们当成假想敌，咬住我们的小腿不放；或是把我们的手指当作骨头进行啃食练习；入夜后更是组成“奶嘴团”，呼啸而来，嚷嚷着索要牛奶和奶油面包。它们也常聚众趴在我们的拖鞋上，随时准备扑向我们的怀抱或膝盖（这时它们会因为互相妒忌,最终往往以全体混战收场)。除此之外,它们还常常在家里捣蛋，到处撒尿拉便便。这种情况下，我会暴跳如雷，想要揪住这些顽劣的小东西的脖子，把它们高高举起。可它们就会在此时睁着一双天真无邪的大眼睛，甜甜地注视着你，那肥嘟嘟的小肉垫也可怜巴巴地晃啊晃，于是你……于是你……总之，一切都会以这些小魔头舔着你的鼻尖，获得你的亲吻作为结局，它们也因此成功保住继续外出探险的自由。有时，这四个小捣蛋鬼全都沉沉睡去时，我会感到万分不安，非得一一数清，确保它们都在。假使少了一个，我便会像陀螺一样四处寻找，直至在煤灰堆或晾晒衣物的筐子里，甚至院子里的供水管道中发现熟睡的那只小家伙才罢休。

有一天，我把那群小淘气鬼全部拽了过来（当然，我确保我的行为与动作并不会使它们受伤），我将一只抱在怀里，两只夹在膝盖间，剩下那只挂在我的领带上。我郑重宣布道：“你们这些小淘气鬼、小恶魔、小流氓！我再也受不了和你们这样相处下去了，我要把你们统统赶出我的地盘！不过别担心，我会为你们寻找一个不错的去处的！你们知道吗，我曾信誓旦旦地向那四个人吹嘘，你们是天底下最可爱最乖巧的小家伙。谁知和你们这两个月的相处，让我吃尽了苦头，现在就让我们来检验检验别人的耐心吧！”

说完这番无情的话后，我便着手将这群小狗送进了家外的社会。首先离开的是好勇斗狠、爱吵嘴的小黑布莱奇和那只眼睛上总是挂着“黑镜片”的家伙彼约，紧接着是狡猾多疑的贝恩，最后才轮到彷徨忧郁爱闹脾气的比比。将它们都送走以后，我们不禁感到一阵惆怅，长长地叹了口气。

我想，也许，我们还是别再养狗的好。

整整三天，爱丽丝都郁郁寡欢的，四处寻找自己的孩子们，同时也为自己簌簌掉落的毛发和骨瘦如柴的身材感到痛苦万分。不过，就在我开始怀疑自己是否做错了的时候，它渐渐长出了漂亮的崭新的绒毛，重拾了往日的活力。它又高兴地跳到我的大腿上，在我耳边嘀嘀咕咕，用它独特的方式与我交流，它是这样说的：“亲爱的人类朋友，我已经不再是那个操劳的母亲了，我重新变回了一个无忧无虑的小女孩，快来和我一起玩扔石子的游戏吧！”

听着爱丽丝天真烂漫的话语，我的内心五味杂陈。我再次意识到，这不正是生命的循环规律吗？它曾经历了作为母亲的艰辛，如今终于卸下重担，恢复了单身的自由。而我们人类与它们最大的区别，也正在于这种自然的生命轮回。我们往往会因为矫情地怀念过去，而忽视了未来的美好。也许，现在是时候学会释怀，放下执念，拥抱全新的生活了。

再谈一下狗

为动物而写

流行一词，首先出现在商品行业。时代在发展，一些曾经流行的狗现在已经不再受人欢迎。狼狗曾是那些充满魅力的少女最喜欢的品种，她们觉得像这样的狗高大又帅气，还能给足她们安全感，但是狼狗现在基本见不到了，甚至连那种不爱惹麻烦、性格比较好，而且还很容易养活的牧羊犬也渐渐失去了它曾经拥有的关注度。说实话，除了上述这两种犬类之外，还有一些前几年盛行，如今也渐渐变少的狗狗。贵宾犬出现在我眼前的次数可谓是少之又少，我甚至不记得上一次见到贵宾犬是在什么时候了，斯皮茨狗也一样。灵缇犬……也许都灭绝了。圣伯纳犬好像也永远停留在了小说《制铁工厂主人》改编的舞台剧中。作为十九世纪八九十年代资产阶级形影不离的伙伴，它本来是不应该灭绝的。那场在布拉格果年剧院盛大上演的舞台剧，规定主人公身边的爱犬只能是圣伯纳犬，这足以说明圣伯纳犬的重要地位。只可惜，它也成了被时代淘汰的一员。

猎狐梗犬数量增减的分界线可能是第一次世界大战，此后，我们就很难再见到猎狐梗犬的身影了。还有一种狗叫作斯班尼犬，我好像只在小时候见过它们。如今，它的数量也急剧减少，几乎消失在人们的视线中。我不知道自己到底在担心什么，斯班尼犬的存亡也不是我可以掌控的，这些事情还是交给政府来处理好了。至于艾尔谷梗犬、刚毛腊肠犬我倒是不怎么担心，因为它们的数量还没有达到灭绝线。换句话说，这些狗正在流行。

在我的印象里，巴哥犬总是长着一张如煤炭般的黑色嘴巴，这个特点让我很难忘记。不过如今，我已经在担心巴哥犬到底还能不能久存于世间了。相比之下，法国斗牛犬虽然遭到过时代的淘汰，但是数量还在慢慢增加。上面提到的狗狗都和流行搭不上边，要说流行，还得是道伯曼犬和德国牧羊犬。当然，我完全没有讽刺它们的意思，也根本没有阴阳怪气。说实话，德国牧羊犬那双灵动的大眼和俏皮的鼻子，怎么也算是狗狗中比较好看的一类了。不过，好看和人们的喜爱是两码事，没有人会因为它长得好看就义无反顾地将它带回家。但是对于大部分人来说，这种狗的体型太过庞大，四肢太过有力了。如果你喜欢那种所谓的反差感，或许你会更喜欢一只会对你发出可爱叫声的小狗。它一般体型稍小，还有些胖乎乎，这样的话那就得选择佛吉雪克犬了。

对我而言，有些狗狗似乎天生就和国家情感、国家力量紧密相连，这种感受无法用语言表达出来。你认为把德国牧羊犬养在只有几平方米的房子或者是院子里是爱狗的表现吗？在我眼里，这种行为无异于把这样的大型犬当作囚徒，囚禁在牢笼中，剥夺了它的自由。如果每天都让它跑动，凭借其旺盛的精力，它至少可以蹦跶好几个钟头都不带喘口气的。但是如果你接受不了几个小时的劳顿，那你可以选择带着它去外面走走，它也会觉得很自由、很快乐。

那些体力不旺盛的狗狗不适合用来巡逻，更适合作为农场管理员或者是城堡主人的爱犬。每种狗都有自己的特点，都有适合自己的任务。就像德国牧羊犬一样，它本身就不是那种在家中圈养的陪伴家人的狗。千万不要让老人去养这样的狗，因为如果它没有可以尽情奔跑的机会，它就会大喊大叫来表达不满，这样会影响到其他人。德国牧羊犬的脾气非常暴躁，正是因为如此，人们才很少将德国牧羊犬当作宠物。

在此，我想给出一个诚恳的建议，如果你想在家里养狗，请一定要多考虑小型犬。因为在我看来，只有小型犬才是真正能够被养在家里的狗。它们既不会像德国牧羊犬那样喜欢出门，又非常愿意在家门口等着你的归来。

除了这些小型犬，还有腊肠犬或者是法国斗牛犬。之前曾提到一些小型犬正面临着灭绝的危险，所以你刚好可以在这方面为它们作出贡献。比如养贵宾犬、斯皮茨狗和哈巴狗等，都是不错的选择。最后，千万不要再把那些看上去令人感到荒谬的野生动物带到家里了。首先，它们可能携带寄生虫或病毒；其次，它们习惯了野外环境，这样的原生环境是家庭无法提供的。相比之下，如果你选择养一只狗，你就无须担心这些问题。

狗和猫

通过我的充分观察，我可以百分之百地确定狗是绝对不会在只有自己的情况下玩耍的。

我们可以做一个实验：先把狗狗单独丢在一边，不去搭理它。一开始，它会假装自己没有人陪也照样很好。要是它真的没有别的事情可以做，那我猜它应该会开始东张西望。等到它瞧累了之后就会陷入沉思，然后闭目养神。过了一段时间后，它就会开始咬刷子或者是鞋子，甚至沙发上的玩偶它也不会放过。但这并不意味着它在玩耍。

然而，如果有人或其他同伴陪伴在旁，狗狗的行为会立刻变得不同。它可能会做出一些在我们看来有些傻气的动作，比如咬自己的尾巴。一旦它发现只有自己时，就会立马变成一只“无头苍蝇”，不会再叼一些小树枝去另外一个地方，更不会对着被风吹动的草丛汪汪直叫。如果要玩，那它也会想办法去找可以看自己“表演”的伙伴。我们不知道它是想邀请这些动物来观看自己的演出，还是想让它们多陪陪自己。

狗在遇到人或者是同伴时就会迸发出无尽的喜悦，就像找到了和自己能够产生共鸣的灵魂。它会兴奋地摇尾巴、吐舌头。而在有人或者同伴的陪伴下，它才会开始玩耍，仿佛是一场演出。有些狗甚至会在别人停止观看或者注视的那一瞬间停止玩耍，就像它们玩耍的目的就在于得到他人的欣赏、称赞一般。

综上所述，狗的天性就是需要与人或其他同伴互动才能进行愉快的玩耍。他人的陪伴和关注能够极大地提高它们玩耍的兴致。

与狗不同的是，猫很享受独处的时光。虽然猫和狗一样，都要在一定的条件下才会开始玩耍，但是猫只是为了让自己快乐，不像狗一样渴望得到他人的欣赏。对于猫来说，和人一起玩耍可真是糟糕透了。在它自己独处的时候，你只需要丢一个毛线球到它的面前就好，其余的它都可以自己搞定，你根本不需要陪它玩耍。因为它自己完全可以全身心投入其中，尽享游戏的乐趣。

猫绝对不会像狗一样说："人类，谢谢你陪着我，我很高兴。"它们的不同之处就在于，猫会享受独处的乐趣，但狗绝对不会这样，狗的喜悦是建立在别人的快乐基础上的。可以说，猫是"自私"的，而狗不是，它更注重与他人的互动，它所做的每一件事仿佛都在寻求更多的关注和认可。正是因为如此，它总是会在一群人或者是一群狗之间尽情地展现自己。

如果你足够细心，一定可以发现，表面上看狗在认真地追着自己的尾巴到处跑，但是实际上它并没有你看上去的那般认真，也许……

它正在暗暗观察着你也说不定呢！它们甚至会思考，那些在看自己的人心里在想些什么。

猫没有像狗那样无法抑制的热情，猫也不会像狗那样容易分心。猫在玩耍的时候，会展现出一种独特的专注力。它会全身心地投入玩耍中，仿佛这个世界只剩下它和它的玩具。它会在沉浸式的玩耍中让自己累得气喘吁吁。

猫不会像狗狗那样贪玩，面对贪玩的狗狗时，猫总是会露出一副轻蔑的神情，好像在对小狗们说：“哦，天哪，你们这样的玩耍真是毫无品位。”

说起品位，猫的品位可能已经超越了单纯的玩耍，它们更倾向于随心所欲，当然也正因如此，它们只会在心血来潮的时候才会玩耍。所以，它们玩得也更随性。

结合我的思考与现实，在我看来，猫是一种不顾世俗却乐在其中的讽刺家。说这话是因为猫即便会和人以及其他动物玩耍，但内心可能对这种形式的游戏始终持有一种轻蔑的态度。当然，它们也并不看重这种玩耍获得的快乐。导致这些问题的原因，很可能是因为猫的性格本来便是如此。

而狗，是为了逗别人开心而牺牲自己的奉献家。它像是在酒吧里讲故事的人，一旦发现没有听众，它就会立刻感到十分无趣。还有人说，它们就是天生的幽默演讲家，喜欢把有趣的故事分享给其他人，把自己的快乐也分享出去。它们会用自己的快乐去感染周围的一切。它们的快乐是如此纯粹，如此具有感染力，让人无法不被它们的热情打动。

如果从内心的视角来看，狗和猫可以说是两种完全不同的境界。狗不会像猫一样自我满足即可，它希望别人和自己一样快乐，就算自己玩到筋疲力尽都不会感到厌烦。狗活泼又友好，温和又天真。而猫却不同，猫是有一点儿审美能力的，它们自始至终都保持着一种神秘感，它们有属于自己的想法。

孤独不能和狗进行搭配，但是和猫可以。狗和普通人没什么两样，有一种无私奉献、舍己为人的精神。说实话，人类亦是如此。在遇到问题时，我们会寻求大集体的关心和共鸣，期望有人能够与我们共同分担。当然，我们也会像狗那样全身心投入某件事情中，直到筋疲力尽。

母亲的天性

猫

“这里不合适，嗯……这里似乎也不是个好地方。”猫从这边的角落走到那边的沙发，又从这边的沙发走到另一个角落，它不时地用灵敏的鼻子嗅一嗅，用爪子碰一碰，又用金色的眼睛四处观察一番，俨然一副认真视察的模样。但猫显然对视察结果不太满意，它舔了舔爪子，继续拖着大肚子寻找适合生产的地方——它得为自己即将出生的可爱温软的猫宝宝做打算。因此，对“产房”的要求非常严格——这个地方最好在角落里，还要兼顾安全隐蔽和柔软舒适的特点。

“咦？这个地方感觉还不错。”猫绕到内衣柜前，看见了里面堆叠得高而整齐的洁白如雪的内衣。柜子里足够隐蔽，意味着这个地方很安全，而且堆叠的衣服看起来柔软舒适，实在是太符合它的要求了！猫弓着脊背，尾巴高高竖起，接着优雅而端庄地走到我面前，像走秀似的绕着我走了一圈，金色的眼眸闪着别样的光芒，像是希望我帮忙打开柜子。哦，这可不行，我早就用不透风的篮子和柔软的垫子为你搭好了产房，你还有什么不满意的？难道是我准备的还不够高级，达不到你的要求吗？

“喵喵喵”，猫轻轻地叫了几声，没有得到想要的回应，只好又拖着肚子慢慢走到了书柜前。难不成它想在堆满书籍的角落里迎接猫宝宝？好在猫大概是嫌弃那里不够安全和舒适，又迈着优雅端庄的步伐开始寻找下一处地点了。

这只猫已经顺应自然的规律生过很多次小猫了，它每年至少会生八九只小猫，每一次生产后它都要将小猫交给我，让我为它们再安排一个温暖友爱的新家。为了不让自己的家彻底“沦为”小猫们的游乐场，我不得不将它的宝宝们送入亲朋好友家中，让他们帮猫分担一些养育孩子的重任。可以说，现在这只猫有着丰富的生育经验，所以它的稳重并不让人感到奇怪。

然而，让人感到惊讶的是，这只猫第一回生育时也表现得很镇定，哪怕它当时还只是一只什么都不懂的、青涩的猫姑娘。但据我观察，在第一次生产的时候，猫就好像已经清楚每一个步骤了，它会专注认真地、近乎严苛地挑选适合生产的角落，仿佛有人告诉它接下来会发生什么似的。

“我的孩子们要出生了，为了让它们能够安全地降临到这个美丽的世界上，我必须得找一个安全隐蔽又舒适的地方安置它们。”

如果猫会说话并且真的明白接下来会发生什么，它一定是这样说的。可现实却是，猫虽然知道接下来要发生一些事情，但却对那件事的一切都一无所知，它不知道接下来的事情会怎样发展，或许就连它自己也不知道，自己要找的到底是什么地方。猫平日里经常待的地方，比如午后有温暖阳光照射的扶手椅、有淡淡花草香味的被它当成床来睡的蓬松的枕头，但我特意在阳台上为它布置的猫窝，它却也根本不考虑。倒是房间里半开的内衣柜，床上堆在一处团成一团的毛毯像有什么特殊魔力似的，让猫一心只想钻进去。猫妈妈有时会歪着头仔细思考，到底是什么东西一直在指引它，让它去做一些和平常不一样的奇怪的事情。不知道猫妈妈能不能想明白指引它的到底是什么，我们姑且称那个东西为“本能”吧。

就如同此刻一样，在某天清晨，不知道从哪个方位的隐蔽角落传出了小猫们此起彼伏的“喵喵”叫声和猫妈妈“呼噜噜”的温柔的回应。猫妈妈的回应柔软得像是某些乐器发出的和声，轻得仿佛被风一吹就会散在空气里，而这声音大概只有小猫们能捕捉到吧。初次生育的母猫已经成为真正意义上的母亲，步入了猫生的新阶段。它拱起脊背、拉长身体，轻轻地将小猫们都圈进自己的怀里，接着温柔地舔舐它们，小心翼翼的动作里充斥着满满的爱意。此刻的猫妈妈和小猫们仿佛成了一个整体。猫妈妈一刻也离不开自己的小宝贝们，倘若有什么原因需要离开，哪怕只一小会儿，它也要不停地用温柔的声音呼唤猫宝宝们，然后一路跑回去挨着它们躺下，每一个细微的动作都表现出了它汹涌的母爱。

然而，一旦小猫们度过了为期六周的短暂童年，猫妈妈就是另一种态度了。那时已经是春天了，猫妈妈趁夜悄悄地溜出家门，伴着远处公猫模糊、嘶哑低沉的吼叫声消失在夜色里。直到第二天天亮，母猫才浑身脏兮兮地出现在小猫们面前，开始打理自己，为自己舔毛。假如这时有不清楚状况的小猫想凑过来挨着妈妈，或者想和妈妈玩的话，母猫会毫不客气地用前爪将它们一把拍开，然后再毫不留情地走掉，徒留小猫们在原地愣神。这时，我就该为小猫们找一个新家了。

母猫已经将自己收拾干净了，它安静地望向窗外，不时舔舔爪子，丝毫不关心身后的小猫们。它大概在考虑今晚出门约会的事情了。

半个月之后，公猫可能已经不认识自己的孩子了，或者说，它本就没什么怜惜幼小的心思。如果母猫将小猫们带去，公猫一定会对小猫们展现出敌意。

狗

母狗的肚子圆滚滚的，就像一个巨大的皮球，让它无法像以前那样自由地奔跑和跳跃。它困惑地歪着头，用那双水汪汪的眼睛盯着面前铺着柔软布料的精美沙发，看起来像是很不理解平时轻轻一跃就能上去的地方，怎么现在却变得如此难以靠近。

母狗难受地翻滚了两下，发出“呜呜”的声音：“我到底怎么了，好难受呀。”

它好像并未意识到自己即将成为一位伟大的母亲，完全没有任何采取行动的征兆。但母亲总是和孩子有心灵感应，某天晚上，它好像忽然得到了什么指引，耷拉着耳朵，慢慢地走回了自己的小窝。

次日清晨，温暖的阳光洒进屋内，轻柔地铺在狗屋上。几只小狗沐浴在阳光里，轻轻地伸了伸腿。照理说这样的好天气，母狗早就应该从狗屋里出来，在客厅激动地跑来跑去了。但是今天它好像打定主意不挪动一步，看起来像犯了什么错误，惩罚自己不许出去活动一样。

“我已经惩罚过我自己了，这下你总不好再责怪我生了这么多小宝宝了吧。”

当第二天的阳光再次照耀在狗屋上，母狗自然而然地结束了前一天施加给自己的惩罚，接着它好像突然意识到自己做了母亲一样，兴奋地冲向自己的主人，欢快地摇着尾巴，然后叼着主人的裤腿将主人带到小狗们面前。母狗数不清自己生了多少只小狗，但它觉得自己非常了不起。母狗激动地转来转去，扬着头求表扬。激动过后，它感到一阵饥饿，最后便快活地享用了主人为它准备的营养餐。在这种轻松的氛围里，母狗轻易地接受了自己的新身份。

狗狗展览会

狗狗展览会其实也没有什么特别的地方，它和平时的一些展览会一样，有两个作用。第一，为了让那些有声望的专家和养狗者之间能够进行交流，让专家们为养狗者提供指导意见，或者是让养狗的人们相互指导。第二，一些人可能养了一些血统比较名贵的狗，对他们来说，展览会可以提供一个绝佳的场合，用来对他们心爱的宠物进行价值评估。

我们参加的狗狗展览会一般是为了这两点而召开的。判断你面前这只狗到底是不是纯种狗其实很容易，通常有两个依据：首先，我们要知道那只狗有没有专家颁发的证书；其次，一般来说，养了纯种狗的人都会展现出自己的热爱和专业，而且通常以养狗专家自称。不得不说，他们在满足自身的虚荣心这件事上也下了不小的功夫，因为你会发现，无论你去哪里都能看到他们的名字。

而正是因为大家养的狗种类不同，所以我曾见过许多的俱乐部都是以狗的种类来命名的，比如“灵缇犬俱乐部”“猎犬中央饲养协会”等。

除了这些狗组织，还有一些体型较小的狗狗没有任何俱乐部。当然，我相信这些组织后期也会发展起来。目前势头比较迅猛的有“腊肠犬协会”“大丹狗俱乐部”“三色狐梗俱乐部”等。

说实话，养狗的圈子确实很大，而它的发展前景也是难以预料的。

如果你在展览会上听到有人这样说：“这只狗的精神不太好，外形也不好看，就算免费送我，我都不愿意养它。如果说给它打扮打扮，弄得更好看一些，我还能考虑一下。”那说明他是了解狗的。也由此可知他家不仅养了狗，还是纯种狗。说实话，那些被带到狗狗展览会上的狗就像是被关在笼子里的鸟，尤其是那些名贵的品种，它们的主人往往更看重声誉，因此会对它们进行更严格更细心的训练。

虽然狗不能自由活动，但它们的主人却是自由的，不过事实上，这些狗主人当中的大部分人都不会远离，或者轻易离开自家狗狗的笼子。只有在特殊情况下，他们才会暂时离开一段时间，而这所谓的特殊情况就是两只狗之间要进行决斗了。

在好几次的狗狗展览会中，我也仔细观察了一番。我发现，像灵缇犬这种级别的饲养者，是入不了那些纯种斗犬狗饲养者的眼的。

狗的眼中是没有这些等级划分的，但饲养者却不一样。等级划分也体现在养狗这件事上。

专业的养狗人使用的术语和我们日常生活中的用词很不相同。比如说他们会把狗的眼睛或眼眸说成光，把狗的腿脚说成四肢，对于狗毛发的颜色，他们不说灰色，而是说青色，等等。除了这些，还有垂耳形态，种族皮毛，背部印记等不计其数的专业词汇，如同一门新的语言。

当然，除了用词问题，还有读音问题。最明显的例子就是关于尾巴的，有人会说这个字不就是念“wěi”吗？不，如果你养的是一只纯种狗，那你就该好好注意注意了，因为“尾”这个字在专业养狗圈人那里念“yǐ”。

对于专业养狗人来说，最重要的不是狗，而是养狗的人。因为专业养狗人主要的活动就是帮助狗找到合适的对象交配，小狗们往往不懂得如何去挑选适合自己的伴侣，这时候就需要饲养者来帮它们把把关。

这时候又分两种情况：第一，如果你家里有一只可以生育小狗崽的纯种狗，那么记住一定要小心戒备，别让外行人以轻浮和散漫的方式处理这件事。第二，如果你养了一只强壮有力的公狗，那交配问题就相对简单一些。你只需要帮它找到最合适的配偶就好，其他的事情就不必干预了。对于母狗来说，你同样需要为它仔细挑选配偶。帮助纯种犬进行交配，你甚至还可以拿到一笔不菲的酬劳。当然，纯种公狗和纯种母狗在一起就叫门当户对，生出来的小狗崽因为是纯种的，所以自小就会受到重视，它们甚至一出生就可以拥有更加高贵的名字，比如哈米吉多顿、吉布赛、加图、哈科维、奥布、贝纳奇、冯、德亚、罗森堡等。

这些名字都是有一定出处的，哈米吉多顿出自某本经典著作，而加图是古罗马著名政治家、军事家以及作家的名字，冯在德语中是贵族的姓氏。当然，还有一些是当时最出名的村庄或者是最著名的公司的名字，类似的取名方式还有很多。

如果说你有一只小狗，而且这样的小狗有一张血统证明书，它甚至还被取名为哈米吉多顿，那么我敢保证，这只小狗至少能够卖出一千克朗的高价。而在此，我也敢保证，如果卖出的价格低于一千克朗，那么我愿意遭受雷电的惩罚。

关于如何妥善养育一只纯种狗，到目前为止并没有一个固定的答案。举一个简单的例子，经常有人在报纸上问该给它们吃些什么食物，或者说小狗们做错了事情，对它们进行教育时该不该动手，等等。对于这些问题，不同的人有不同的见解，权威人士也无法给出统一的答案。

饲养任何东西都要遵守一定的原则，养狗也不例外。如果没有这些规范行为的准则，只有那些因人而异的见解，那就不能称得上是一项专业的事了。只有见解而没有评判标准和行为规范，那就只能算是一种讨论。从某种角度上讲，养狗也算是一类研究的范畴。对于争议很大的问题，比如该给小狗吃什么食物，该给它补充一些什么营养元素等，我认为，我们还是少参与为好，因为它根本没有定论。

我们知道，活动是包含在运动的范畴内的，且活动中充满了运动精神，而运动精神主要通过竞争表现出来。在“养狗运动”中举办的各种活动中，参与者们为了更高的目标而奋力拼搏，这本身就体现了运动精神。作为参赛者，每个人都要有夺冠的雄心和打败对手的信心。

不过，对于那些参赛的饲养者来说，一旦得知自己的爱犬不是冠军，他们就会质疑这场竞赛的公平性。当然，在他们眼里，这样的质疑行为也是运动精神里的一种。

对竞赛的主要参与者小狗们来说，紧张是难免的。这些狗会表现出明显的不安，它们也会像人那样，手掌或鼻子生出冷汗。相比之下，它们的主人们看起来就比较镇定了，但不经意间，他们也能感受到自己的冷汗滑落，心跳在不由自主地加速。但即便如此，他们仍会兴高采烈地环顾四周，并拉着自己的狗，努力让它保持安静。

毫不夸张地说，在这些狗饲养者的眼里，狗参加这项活动甚至比他们的孩子参加毕业考试更加重要。但是，不能因此就说他们不关心自己的孩子，只是他们认为，自己的狗没有在比赛中拿到冠军是自己最大的耻辱，他们会感到无比挫败。

众所周知，冠军的名额只有一个，这自然使每位狗狗饲养者的心中都充满了对胜利的渴望，竞争的激烈程度不难想象。但是，孩子们的毕业考试，只要考到一个较好的名次就好。

如果自己的狗没有拿到冠军，也许他们从此以后就会逃避一切了。因为他们觉得自己会因此受到别人的蔑视，这也将使他们对那些类似于养狗竞赛的赛制产生深深的反感。但这样的赛制，其实存在于很多竞赛中。

狗展览会期间，主人们为了不让自己的狗在活动期间感到寂寞，还会让全家都住进狗笼里。这听起来是不是很荒诞？到底是狗像主人，还是主人像狗？我们也说不清楚，因为我们根本不知道到底哪种说法更准确。

后来经过我的仔细观察和了解，才发现这个令人感到震惊的事情不是真的，而是一个流传在养狗圈的传说。

你有见到过主人为了保护狗发出尖锐刺耳的咆哮吗？你可能见到过，但是这个画面在狗展览会期间更加常见。在这段时间内，被展出的狗通常是蜷缩着身子，闭目养神。与之截然不同的是，它们的主人总是会为了守护自家的狗而不敢合眼，一旦有人靠近或者试图对狗不利，他们就会发出警告似的咆哮声。

在与狗相关的活动中，累的不只是狗。我曾见过那些陪着自己的狗接受完整训练的饲养者，他们和自己心爱的宠物一起奔跑，一起休息。而在这些饲养者中，不仅有身体素质比较好的男性，还有一些看起来比较娇弱的女性。

我每次都会认真地看着它们接受训练，而在此过程中，我会突然脑补出一个画面。我在想，它们会不会像警犬那样，听从训练师的要求跃过障碍物，然后扑向站在障碍物对面的坏人。看着它们训练有素的样子，我觉得它们应该是被这样训练的。

在此期间，我也发现了一个特别的现象。虽然训练师的训练任务都是针对狗的，但是不知道为什么，那些饲养者竟然会比自己的狗更加服从训练师的指示。比如说训练师命令狗快跑，也许狗还会磨蹭一会儿，但是它的主人绝对不会。这背后，或许隐藏着一种人类内心深处的对荣誉的渴望。

其实，从养狗上也能看到一些落后思想的存在，这也导致养狗与阶级等级挂上了钩。养狗者们阶层不同，职业不一样，养的狗也不一样。

其实养狗并不是一件简单的事情。比如说俄国狼狗，这种狗看上去很好看也很有气势，而且性格较为温和，所以受到了一些贵族的喜爱。除了狼狗之外，一些长毛狗也是如此。同样的，某些人喜欢饲养外形凶猛、帅气的狗，而这也能在一定程度上说明，这些人对某种狗的偏爱与当地的文化和流行趋势有一定关系。

除了上述几个特例，道伯曼犬和德国牧羊犬的驯养者就没那么明显的特质了，它们的驯养者不分民族、不分阶级。不过，在狗狗饲养者中，很少有议员、老师、局长等人士的身影。至于他们为什么没有养狗，我猜原因有很多种，可能是因为他们没有那么多的时间和精力，也可能是没有信心养狗，我就不在这里做过多假设了。

时至今日，已经有很多我们不知道的狗品种灭绝了，它们只能永远地活在人们的回忆里。我认为养狗活动应该包括两部分：第一就是养狗的人，也就是饲养者；第二就是狗狗本身。

我觉得这里很有必要提一提捷克福斯克犬，曾经作为驾车犬的它拥有很高声望。和其他生活在乡下的狗不一样，它虽然也生活在乡下，但是却有着一些其他生活在乡下的小狗们没有的特点。尽管它和其他狗一样，拥有两只明亮的眼睛和一个敏锐的鼻子，但最引人注目的无疑是它那独特的尾巴。

一般情况下，捷克福斯克犬的毛色有些偏黄。值得一提的是，捷克福斯克犬是混血，是由哈巴狗和斯皮茨狗交配得到的。因此，它遗传了其中一方的颜色以及另一方机敏与独立的性格。

所谓的驾车犬，不是我们想象中的帮人拉车的犬。一般情况下，它会与车夫并坐在驾驶台上，甚至会摆出骄傲的神情。它就像是一位坐在马背上，驾驭马匹的骑士。

当捷克福斯克犬跳到马背上来回行走，时不时发出几声如同强者凯旋般的叫声时，就说明马车已经进了村子。它的身姿十分矫健，即便马匹在快速奔跑，它也能在那结实宽阔的马背上行走自如。

不过遗憾的是，现在已经没有什么驾车犬了。乡下的那些捷克福斯克犬不知道是和其他的什么犬种，交配出了一种我不太喜欢的杂种犬——德国牧羊犬。德国牧羊犬在狗展览会中已经完全被边缘化了，毫无关注度可言。虽然我不知道到底是传言还是事实，据说大部分德国牧羊犬最后都变成了胆小又调皮捣蛋的狗。再加上亲缘关系并不是那么紧密，它甚至还显得有些愚钝。

所以，捷克福斯克犬已经不存在了，虽然它也不是纯种狗，但是它却是真正意义上的狗。因为在它存在的那些年里，它做了不少有意义的事情，比如驾车。但是，随着时间的推移，时代的发展，像它那样真正的狗已经很少了，随着捷克福斯克犬一同消失的还有城市中的哈巴狗。

德国牧羊犬有黑褐色的脸蛋和漂亮的鼻尖，尽管曾经有不少对它不利的传言，尽管曾经被人认为愚蠢又调皮，但是作为一种漂亮的犬种，它可是那些淑女在社交活动时常带在身边的一种狗。当然也可能是由于这个原因，虽然风评并不好，它却一直受到重视。

还有一种狗，被人打扮得像一名贵妇，连脖子上都会挂上丝绸配饰。这种待遇得归功于它们天生就拥有的精致外貌。而斯皮茨犬很聪明，就是脾气有些不讨喜，遗憾的是，像它这般小巧而又聪明的狗也无法逃脱灭绝的命运。

若非贵宾犬本身具有独特的魅力，比如闪闪发光的大眼睛、精致的小胡须以及浓密的毛发等，吸引了人们的关注与养护，恐怕它们也早已灭绝了。

如果说斯皮茨犬和贵宾犬都有被逐步淘汰的理由，那么哈皮狗又是为何要面临灭绝呢？对于斯皮茨犬和贵宾犬来说，它们如同那些过时的荷叶边或法兰绒裙子，因过于保暖与烦琐而逐渐被时代所遗弃。

令我更加想不通的是，意大利灵缇犬这一毛发并不浓密的品种，为何也销声匿迹了呢？它们的毛发很短，我甚至都觉得它们会在冬天被冻得直哆嗦。它们消失的原因，我猜恐怕没有我们想象的那么简单。

随着这些珍稀犬种的消失，古代城市中的贵族阶层也渐渐减少。这一趋势与养狗的流行趋势紧密相关，就好像家养或室内型的小狗逐渐被体型强健、适于运动的猎犬取代一样。

这些小狗由于长得漂亮，而且聪明伶俐，还被古代的贵族们叫作“花瓶”，但是这些贵族阶层也逐渐没落了。当然，这并不是重点，重点是连这样漂亮的苏格兰长毛牧羊犬也消失得无影无踪了。

和苏格兰长毛牧羊犬有着同样遭遇的还有曾经因毛发柔软而受宠的波利犬，但是不知道到底是何种原因，这样可爱的小狗在狸犬流行前就已经灭绝了。实际上，拥有柔软毛发的波利犬和梗犬，它们都起源于牧羊犬。

总而言之,欧洲是文化的坟场,同样也是狗的坟场。我突然想起来，维吉尔的《埃涅阿斯纪》中有一个单词 Fueramus Pergama，意思是“我们曾经的帕加马”。帕加马又是特洛伊要塞，一般情况下，常常用其指代特洛伊全体。

要说从古至今都很受欢迎的狗，应该是圣伯纳犬了。圣伯纳犬好像知道自己经历了时代的洗礼，它们觉得自己好像比其他种类的狗要高贵许多，平时也表现得一丝不苟。它们的步伐非常优雅，周身还包裹着松软、完美的毛皮，它们每次走在大街上都给人一种沉稳庄重的感觉。但不知为何，我总觉得它们的表情里略带一丝忧伤。

它们看上去好像充满了很神秘的思想，你可以想象一只一脸深沉的狗在复古的宅邸里坐着静静冥想是一幅怎样的画面。它们也许会在脑子里想，为什么这些人总要在自己面前走来走去？为什么他们要喋喋不休？为什么他们会生气？死后会变成什么样子？

它的皮肉稍稍有些松垮，就像是垂下的厚重的帷幕，有些时候看起来甚至像某种滴下的液体。它们拥有蓝宝石般清澈的眼睛，眸子里还闪着点点泪光。它们身躯庞大，所以并不适合快速奔跑。

因此它们会慢腾腾地挪动步子，来到那充满温暖阳光的草地上，它们喜欢这样的阳光，也喜欢在阳光照射下躺在草坪上独自冥想。

和圣伯纳犬一样，一直受人欢迎的古老犬种还有体型和毛色众多的猎犬。猎犬属于运动型犬，一般都长着一些奇形怪状的斑点，如赛特猎犬。一些猎人为了展示自己对动物的了解,喜欢卖弄自己的见识，有些时候也存在夸大的成分。其实，很多动物知识我也不清楚，一般都是听他们讲述的。猎犬大多看上去很瘦，但是它们的骨头却很硬朗；它们的胸膛宽阔，仿佛是一座坚不可摧的堡垒，能给人一种安全感；它们的肩膀也很结实，肌肉线条分明，显示出无尽的力量；它们的脖颈则像是一根笔直的柱子，连接着头颅和身躯；它们的脑袋上还有一个稍微凹陷进去的地方，我不知道它们的脑袋上为什么会长这么一块奇特的地方，也许是方便人类抚摸它们吧。

此外，腊肠犬也是一种历史悠久的犬种。经过那么长时间的进化，它们好像并没有发生多大的变化，直到现在它们还保留着长长的尾巴和短而笨拙的四肢。很难相信，这样笨拙的四肢居然可以支撑它站在地上。它们有一双慧眼，好像能够洞察世间一切真理，辨别善恶美丑。它们的灵魂好像充满了自由，对一切可能限制它们自由的规章制度都抱有轻蔑的心态。这让自私的它们又多出了好几个标签，机灵、狡诈……

大丹狗和叫作小鹿犬的迷你杜宾犬都拥有古老的血统，二者处在市场犬类价格表的两端，要么高得离谱，要么低得惊人。在古代时，一些统治者就喜欢驯养像大丹狗这样体形庞大的犬类。可在当今社会，没有了专制的君主和大农场主，它们便失去了自身真正的价值，好像已经没有了用武之地。所以，大丹犬的饲养者就显得很特立独行。

小鹿犬，是迷你杜宾犬的另一个称号。它与大丹犬相比，体型上小的不止一星半点。小鹿犬虽然看起来很小，但是它们的性格异常自负，甚至让人感觉有些难以接近。它们有一双大到夸张的眼睛，灵动得就像是会说话一般。此外，它们还拥有灵活的四肢，这四肢就像是小鹿的四肢一般，可爱又俏皮。它们的主人一般会在它们的脖子上挂上一个铃铛，我不知道这是怕它们走丢还是怕它们四处惹事。小鹿犬的情绪一般都不太稳定，随便逗弄一下就会激动地发出狂躁的叫声，这也是让人头疼的一点。

观察那些体形过大或者过小的狗，一般情况下，它们都失去了狗真正应该具备的一些特征，比如率真的心、机智与友爱。所以我才会觉得，上帝在创造狗的时候，一定是以一个比较中立的态度去创造的。而上述那些太大或太小的狗都不是真正的狗。

一提到灵缇犬，你一定会想到一个词：细腻光滑。没错，古时的灵缇犬就是这样。然而，这样的狗却在慢慢消失。灵缇长着一条垂在两条后腿间的长长尾巴，它作为贵族狗的时候既自私自利，又愚笨至极。它除了能显摆，就没有其他会的事情。

俄国狼狗，也称作俄罗斯灵缇犬。当初因为各种原因，它们不得不分散定居。也正因为在那个动荡不安的时代它们四散生活，所以才延续了下来。哦！你见过那些围在女人脖子上的围巾和披在她们身上的皮毛吗？毫不夸张地说，俄国狼狗很像女人头顶上羽毛帽的装饰品，因为它们长得太过花哨。

不过，如今那些装饰品已经过时了，但这并不代表俄国狼狗也已经落伍了。在我眼里，这样的灵缇犬很适合那些身体羸弱、整个人散发出抑郁感的少女饲养，也很适合那些神情恍惚、性格忧郁的富家子弟。他们可以在自己疲惫的时候，拉着灵缇漫步在秋日的湖畔。

除了上面几类犬，还有一种比较古老的犬——马厩平犬，一种古老的小型犬——别名雪纳瑞，它们不但敏感机警，而且极富智慧。但是不知道为什么，很少有人养这样优秀的狗。它长着蓬松而浓密的毛，而且毛的颜色一般较深。如果你运气好，还能看到它身上的点点白斑。它们精力充沛，而且最喜欢的事就是打架，细细观察还能发现它们好像还有着如男人一般的豪爽和开朗的性格。它们生性活泼，最适合看家。

世界上有一个地方，本身没有什么特殊之处，但是这里的人把心力、财力都放在了饲养活泼而机敏的迷你雪纳瑞身上。这个地方就是坐落在捷克西波希米亚地区的一个小城——赫鲁晓夫斯基·迪安。但是，即便这里拥有全世界最多的雪纳瑞，也并未因此而被授予什么特别的荣誉。

狗的数量在第一次世界大战之后开始急剧增加，到现在已经数不胜数了。这世界上除了人，好像就是狗的数量最多了。

因为狗的数量过多，也出现了很多抛弃自家狗的人。那些无主的道伯曼犬和德国牧羊犬突然蹿到路人身上的现象时有发生，这不免让路人感到惊慌失措。这样的狗对于我们这小小的住所来说其实已经很庞大了，它们的力气很大，而且体力充沛。它们能跟着宪兵队一天追踪六十公里，它们似乎知道自己的使命是什么。虽然一天走那么多路不成问题，但是如果硬要它们陪着长官大人在同一个地方绕好几圈，那肯定会出大问题。

在长期生活中，小狗们体内的基因也发生了某种变化，因此产生了一种对自己的智慧引以为傲，并且将自己视为贵族狗的道伯曼犬。道伯曼犬和德国牧羊犬这两种犬的境遇，可谓有天壤之别。大家都知道德国牧羊犬是一种漂亮的狼狗，但是在城市里它就像被关在笼子里的野兽一般。如果你比较喜欢小狗，那么在家中饲养一些体型小巧的宠物犬会更为合适，比如雪纳瑞、梗犬或法国斗牛犬。如果你喜欢闹市又不想与世俗共生，那么你可以选择养一些小动物。

当然，你也可以养一些被人遗忘了的狗种，比如斯皮茨狗、贵宾犬或艾芬笃宾犬。那些养狗就是为了参加越野似的比赛的人士，请不要将它们关在那孤独的牢狱中，这样它们只会受到孤独的摧残，最后变成一只性格古怪的病狗。也有一些适合淑女或者是娴静少女饲养的小狗，比如皮毛柔顺且富有光泽的西施犬。西施犬的体型娇小，可以抱在怀里，它们还长着又大又圆的眼睛，非常喜欢撒娇。

除了西施犬，还有京巴犬、布鲁塞尔格里芬犬、卷毛马地犬。在这里要特别讲一下法国斗牛犬，法国斗牛犬有两个别名——布里奇克和修道士。它们的脑袋又大又圆，上面还长了一对如同蝴蝶翅膀般的耳朵，当它们受到惊吓时会把眼睛瞪得很大，屁股后面的尾巴也会绷直，这副模样看上去很是滑稽。它们喜欢玩小孩子的玩具，还喜欢四处蹦跶，性格天真烂漫。它们看上去就像一个会移动的毛绒玩具，加上体型和一个婴儿差不多大，所以显得更加可爱。

如果你喜欢那些富有阳刚之气，而且能给你带来安全感的狗，那么你可以看看斗拳狗和法国斗牛犬。它们的脖子很粗，像是公牛那般，而且力气很大！它们的脸上长满了褶子，皱成一团，看上去像是在思考什么让它捉摸不透的事情。有些人会觉得这样的狗很可怕，事实上并不是这样，因为它们的心思没有它们的外貌那样复杂，它们有的只是一颗淳朴而善良的心。遇到什么烦心事，它们也不会大声狂吠，你绝对想象不到，它们生气的时候也只会用鼻子出气，轻轻哼唧。每种动物都要有属于自己的一技之长，就比如会捉老鼠的猫和不会捉老鼠的猫，会捉老鼠的猫才是良品，狗狗也是如此。那种会捕获小动物的梗犬就称为现代良犬。曾经有一种勇敢活泼的小型犬，它们的皮毛光滑柔顺，被称为活泼开朗的猎狐梗犬。它们虽然听话懂事但又活泼好动，最后还是被比它们长得更小的刚毛猎狐梗犬抢走了属于自己的地位。刚毛猎狐梗犬不仅活泼好动，还十分淘气。它们脾气倔强，但十分聪明，它们好像不太服气人类，所以总是不听话。当它们做错事或者做了一些坏事，比如去欺负鸡呀猫呀之类的小动物时，它们还会调皮地朝你眨眼睛，那微微颤抖的胡须让它们显得更加灵动可爱，让你不忍责备。

我曾经养过一只母猎狐梗犬，给它取名爱丽丝。在家时，我有时会把它放在腿上，有时也会将它养在笼子里，有时还会把它放在外面的草地上。因为我养过这种狗，所以我才会对这些事情比较清楚。它的尾巴在出生时并不像现在这么短，会被人剪掉。除尾巴外，它的毛皮则完全遵循自然生长，从小到大都保持着原来的样子。

体型更大一些的艾尔谷梗犬，它的胡须稍稍卷曲，毛发茂密，整体呈现暗棕色。这棕色几乎布满了全身，只有宽阔的脊背和后背上有一块奇形怪状的黑毛。军人最喜欢将它作为军犬来驯养，它被当作军犬的原因很简单，因为艾尔谷梗犬很聪明，而且在救助伤员方面可谓是无师自通。

据我了解，这种狗不但认真细心还十分敏感，而且对自己的名誉和声望极其看重。一些猎狐梗犬只会凭着嗅觉到处嗅来嗅去，这样的行为在艾尔谷梗犬的眼里就显得很冒失。当然，除了搜索伤员，艾尔谷梗犬也很适合做人类的伙伴，因为它们稳重而可靠。

我对苏格兰梗犬的印象只有浅浅的一些，凭着记忆，我依稀可以回想起它们长满了绒毛的身子。它们的毛色很黑很亮，就像是一个乌黑的小煤球。虽然它们长得不像腊肠犬，但是性格与腊肠犬相仿。它们十分喜欢要心眼儿，很调皮。它们的体型虽然看着很小，但是狗也不可貌相，它们的叫声甚至比那些大型犬的叫声还要大。苏格兰梗犬生性好强，很倔强，有些时候它们甚至不听人说的话，不管是好话还是坏话。不对，它们不是不听，是听不进去，从这方面来看，它们倒像是狗中“无赖”。

自然界中还有好几种梗犬和它一样，有着相似的皮毛，西里汉姆梗犬是其中一种。除此之外，还有爱尔兰梗犬、威尔士梗犬、西部高地白梗犬，等等。刚才提到的这些梗犬都有着相同的基因和相似的外表，在不同基因的作用下，又有了刚毛和卷毛的区别，就像果蝇那般。这时候有人会问，为什么都是梗犬，名字却不相同，其实，它们的命名取决于它们的毛色和毛的多少，这样取名的好处就是可以很好地区分它们。

既然提到了毛发，那我就不得不提一下英国老式牧羊犬了。毫不夸张地说，这家伙就像是个毛球，怎么看都像是集合了狮子与骆驼的特点组合而成的一个毛茸茸的东西，它和毛球之间只有一个区别，那就是它会自己滚动，而毛球不会。

它的尾巴很不明显，一般的狗有修长笔直的尾巴，但是它不一样，我甚至看不到它的尾巴到底在哪里。我们会通过头和尾巴来判断狗身体的前后，可由于它的毛发过于浓密，身体前后都被茂密的长毛遮挡住，我甚至分不清它哪一边是脑袋，哪一边是尾巴。

所以我一直很纳闷，这种狗浑身上下被浓密的毛发遮挡住，它的同伴是如何分辨出它的脑袋和尾巴的呢？不过我想这个问题不需要我担心，因为小狗们肯定有一种属于它们自己的辨别方法，所以这个问题就交给它们天生的智慧吧。西班牙猎犬、科蒙多尔牧羊犬等犬类都拥有浓密的毛发，在斯洛伐克中央的山脉还有捷克狼狗，除了捷克狼狗，还有塔拉契狼狗。

如今，有一个观点在捷克很是流行。人们养狗并不是为了将这世界上所有的犬种都延续下去，而是出于人类的从众心理和对世俗的不敏感，这些都很有可能导致那些血统高贵以及长相十分漂亮的狗逐渐灭绝。

除此之外，如何才能保证这些狗不会像番石榴一般莫名其妙地发生基因突变，我认为，养狗其实并不能只为了追求那些所谓的名誉和声望。有些人会花重金去买一些有高贵血统的狗，说实话，不是只有这些有血统的狗狗才会热心肠地帮助人类，实际上，所有健康的狗狗都会这么做。

无论是什么事情，只要付出真心都会得到回报，养狗也不例外。你只要在养狗的过程中稍微花一点心思，狗就会好好对待你，比起那些被人养起来专门用来比赛的犬类，这些没有任何束缚、在精神和身体上都是健全的狗才能为你分担人生风雨。记住，狗会用它一辈子的时间，陪你度过人生之旅。